1

Seguimi su:
www.paologambi.com   Instagram paologambi   Facebook /paologambi1

LA SPINA NEL CRANIO

di Paolo Gambi

PARTE I
C'ERA UNA VOLTA

Una bambina di otto anni con i capelli lisci come una cascata giocava a fare la pittrice. Seduta a fianco della mamma sul solito prato del grande parco della piccola città dipingeva concentratissima i ritratti delle persone che amava mordendosi la lingua.

«Mamma posso andare fino all'alberino?», chiese quando ebbe finito la concentrazione.

La giovane mamma, con gli occhi posati su un libro, fece cenno di sì con la testa, tranquilla. In quella piccola città si conoscevano tutti, poteva stare serena. E la brava bambina, lasciati i suoi strumenti da lavoro sopra il grande telo, andò ballonzolando verso una gigantesca quercia a qualche centinaio di metri di distanza. Le si aprì dinnanzi agli occhi l'orizzonte del mondo: c'erano piante che si arrampicavano sulle reti e sui pali, erba fresca e verde che limitava il sentiero, il cinguettio degli uccellini, l'aria fresca che creano le piante e in lontananza le case che segnavano la fine del parco.

E sopra a tutto svettava lei, quella quercia secolare che sembrava voler abbracciare il mondo dall'alto. Era maestosa, grande più di qualunque albero avesse mai visto. Eppure le piaceva chiamarla «alberino», ma solo perché in fondo le voleva bene.

Da lontano vide un cane che correva intorno alla quercia. Non seppe se spaventarsi o andargli incontro. Fu il cane a toglierla dall'imbarazzo e a precipitarsi verso di lei scodinzolando. Era marroncino, piccolo, con il pelo corto, bello, pulito e profumato. Un bastardino abituato alle coccole.

«Ciao cagnino come stai?» gli disse allungando una mano per accarezzarlo.

Il cane si prese le carezze guardandola con la lingua fuori e la coda a metronomo, poi si girò e corse verso la quercia. Sotto l'albero c'era una panchina e solo guardando il cane la bambina si accorse che seduto sulla panchina c'era un uomo con la barba. Il cagnolino marrone si mise a sedere sotto di lui. La bambina si avvicinò incuriosita e vide che quell'uomo aveva tutti i vestiti rotti, la barba lunga e aveva l'odore della spazzatura quando la mamma la portava fuori.

«Ciao» gli disse piantandosi davanti a lui.

«Ciao» rispose l'uomo aprendo un bel sorriso sul suo volto.

«Guarda che mani sporche che ho. È perché ho disegnato. Da grande diventerò una pittrice».

«Oh, certo che diventerai una pittrice. Ma solo se non smetterai di guardare il mondo con gli occhi che hai oggi».

La bambina si fece un attimo pensierosa. Poi chiese con la nitidezza che si ha solo a quell'età:

«Perché, che occhi avrò da grande?».

«Questo dipenderà da te».

«Come si chiama il cagnolino?» chiese allora la bambina, cambiando discorso come fanno i bambini quando i ragionamenti si fanno troppo difficili.

«Si chiama Rolf».

«Perché si chiama Rolf?».

«È una storia lunga e non è adatta a una bambina della tua età».

«Me la racconti lo stesso?».

Il barbone sorrise. E disse:

«Un signore ha fatto la seconda guerra mondiale, una cosa molto brutta che è successa tanto tempo fa. Quando è arrivato in Germania gli hanno fatto giustiziare un ufficiale nazista che aveva fatto cose molto cattive. Gli ha sparato».

La bambina fece infrangere quelle parole di violenza nei suoi occhi teneri e grandi.

«L'ufficiale si chiamava Rolf. Appena il signore è tornato sano e salvo a casa ha preso un cane e lo ha chiamato Rolf».

«E perché gli ha dato il nome di quell'uomo? Perché gli ha sparato?».

«Per ricordarsi che in tutte le persone, anche nelle più spregevoli, c'è qualcosa di sacro che sopravvive alla nostra cattiveria. E la parte buona di quell'ufficiale nazista si è come reincarnata in quel cane. Da allora tutti i suoi discendenti si sono chiamati Rolf. Questo è il nono».

«Ma a me sembra una femmina» disse la bimba studiandolo da sotto.

Il barbone sorrise ancora. E rispose:

«Sì, ma in quest'epoca è un dettaglio di importanza secondaria».

«Lucia! Lascia stare il signore».

La mamma aveva lasciato la sua comoda postazione, visto che la bambina non tornava ed era andata a cercarla. Si era avvicinata a passo spedito vedendo che Lucia stava con un barbone l'aveva presa per mano sorridendo forzatamente al clochard.

«No mamma voglio star qui a parlare con questo signore».

La madre guardò la bimba, guardò il barbone. Aveva qualcosa di familiare. Una qualche somiglianza con qualcuno di vagamente presente fra le sue conoscenze era sepolta sotto lo sporco di quel corpo trascurato e provato dalla vita in strada. Ma prima che potesse capire dove lo avesse già visto si trovò il cane finirle fra le gambe.

«Che bel cagnolino» esclamò sorpresa quasi senza volerlo, chinandosi ad accarezzarlo. «Com'è pulito e profumato».

La bambina si avvicinò al viso della mamma e prendendolo con le sue manine chiese dolce:

«Questo cagnino si chiama Rolf come… come una persona cattiva, non ho capito bene. Mammina possiamo rimanere?».

La ragazza sorrise. E disse:

«No, Lucia, lasciamo stare questo signore e andiamo a casa».

«Te ne vai già, Sabrina?» chiese allora l'uomo.

La ragazza si voltò di scatto, sorpresa nel profondo.

«Come sai il mio nome?».

Il barbone sorrise e disse:

«Il nome è solo l'involucro, non è difficile conoscerlo. Più complicato è superarlo e scoprire cosa c'è dentro. Tu ci hai provato?».

La ragazza rimase sospesa fra la voglia di scappar via insieme alla bambina e quella di capire cosa stava succedendo. In quel limbo la raggiunse una domanda del barbone:

«Sabrina sono venuto a raccontarti una storia. La vuoi sentire?».

La ragazza rimase ancora qualche istante in quel limbo, poi un po' perplessa disse timorosa:

«Va bene».

«C'era una volta…».

C'ERA UNA VOLTA EDOARDO

La metropolitana era particolarmente affollata quella sera.

«Ma perché poi non ho preso il taxi?» si domandò dentro rabbioso Edoardo. Infagottato nel suo completo di Armani casual chic percepiva nel corpo un disagio profondo nell'incrociare gli sguardi degli altri passeggeri della linea che portava da Cernusco sul Naviglio al centro di Milano. Gli si era guastata la Lamborghini Gallardo, aveva maledetto i suoi filippini che non erano neanche riusciti a procurargli un'auto in sostituzione e impacciato per la mancanza della sua fedele vettura aveva optato per la metro. L'ultima volta che aveva preso la metropolitana era un bambino ed era con il suo nonno povero, il padre di suo padre. Ma da quando aveva preso coscienza di essere un figlio di papà e di avere sempre e comunque la bambagia dei soldi del padre, si era guardato bene dal fare qualunque cosa non fosse per gente di un certo livello. E la sua macchina era un chiaro segnale che lui non era come gli altri.

Lo aspettavano i soliti amici sfaccendati per uno dei soliti aperitivi, che sarebbe sfociato in tarda serata in una cena all'insegna di una qualche improbabile etnia sottosviluppata – come i libanesi o i giapponesi – e alla fine avrebbero parlato di niente fino alla noia. Motivo per cui ogni volta erano quasi costretti a trovare qualcosa per romperla, quella stramaledetta noia. Gli altri di solito lo facevano con modelle affetto-repellenti. Lui no. Si considerava troppo al di sopra di quel barbaro incrociarsi di corpi. Il solo pensiero lo faceva innervosire. Sì, la bamba iniziava a fargli salire il nervoso per cose sempre più piccole. Ma era il suo unico modo per uscire dalla noia. Anche se in realtà neppure gli piaceva.

«La mia fermata» pensò con sollievo avviandosi ad uscire quando lesse «Garibaldi». Con un profondo senso di disgusto si fece trasportare dal flusso dei passeggeri che uscivano insieme a lui.

«Che brutta gente» si disse.

I suoi occhi quasi si rifiutarono di mostrargli la scena poco più avanti, sulla via dell'uscita. Due vigilantes stavano facendo alzare da terra un sacco di stracci con la barba, un clochard. Edoardo provò a fermarsi, a spostarsi per non passargli vicino, ma il flusso delle persone che uscivano lo costrinsero ad andare avanti e a camminare dritto verso quella scena. Quando fu più vicino ad ogni movimento del barbone iniziò a sentire delle zaffate di odori indescrivibili, modulazioni di fetore che le sue narici non avevano mai sperimentato. Trattenne un conato di vomito che gli salì dalle budella più profonde. Chiuse tutti i sensi, si ritrasse dentro di sé e cercò di passare vicino al barbone trattenuto dai vigilantes facendo finta di niente. Ma quando fu a due metri di distanza, da quel sacco di stracci, barba e puzzo, di botto spuntarono due occhi. Due occhi che dopo un volo sulla folla indistinta si posarono su di lui. Anzi, si fissarono su di lui. E poi non due occhi, ma quattro. Perché un cane randagio stava fermo fra le gambe del barbone e guardava nella stessa direzione del padrone.

C'erano decine di persone stipate che arrancavano verso l'uscita, ma si accorse che quegli occhi si erano incollati sui suoi. Edoardo cercò di distogliere lo sguardo, ma si rendeva conto che il barbone continuava a fissarlo. E con lui il cane. Si sentiva profondamente a disagio. Anzi, gli stava salendo su la rabbia postmoderna, misto di residui di coca e nervosi metropolitani. Fece i pochi passi che lo separavano da quell'essere e senza guardarlo sentì che dalla sua bocca uscirono delle parole, impantanate in uno strano accento americano, ma fluide e rassicuranti come un ruscello di montagna:

«Edoardo, pensi di essere felice così?».

Il ragazzo precipitò gli occhi nei suoi, fece un balzo all'indietro e bloccò il flusso di gente che passava. Come sapeva il suo nome? Il barbone si divincolò con una mossa a scatto dalla presa dei vigilante e così facendo urtò il ragazzo, che sentì su di sé tutto l'odore di quel mondo che la sua storia aveva imbrigliato.

«Deve essere dura stare senza la tua Lamborghini Gallardo bianca» continuò il barbone, ripreso a forza dai due vigilantes.

Non era possibile. Edoardo riprese a camminare senza girarsi e nella mente cercò di far partire dei pensieri. Pensieri che lo convincessero che quello che aveva sentito era stata solo una allucinazione. Uno scherzo del suo cervello, che aveva appesantito con la troppa cocaina. La mattina dopo sarebbe certamente andato a farsi vedere dal suo medico di fiducia. Anzi, dal primario, amico di suo padre. Ma se una parte del suo cervello provava a raccontare che non era successo niente, un'altra parte si era resa conto che quel barbone gli aveva appena letto il pensiero. E fu quella parte a prevalere, perché Edoardo, incastrato fra la plebaglia che aveva preso la metro, si girò.

E il barbone, oramai fra le braccia dei due vigilantes che lo stavano portando via, con il collo ritorto all'indietro lo guardò ancora una volta negli occhi e scoccò una domanda semplice, ma pungente come un dardo:

«Se continui a vivere la vita che stai vivendo non riceverai niente più di ciò che già hai. Ricordati che se vuoi vincere devi perdere. Edoardo, vuoi cambiare?».

Il ragazzo si sentì dentro un profondo senso di disagio ed imbarazzo. E con fare incerto sussurrò un flebile «sì, certo».

L'ultima cosa che vide di quel barbone fu il suo viso sorridente ed appagato, su cui spuntò un improbabile occhiolino.

Edoardo era fuori di sé. O forse era entrato eccessivamente dentro. C'era un mondo che lo circondava, ma era come se non ci fosse. Vedeva intorno a sé i suoi compagni di cene, quelli con cui condivideva la lotta contro la noia, aveva la sua consolatoria routine ad abbracciarlo. Ma era come se non vedesse niente. Lui aveva negli occhi, nelle orecchie e nel naso quel barbone che gli aveva letto la mente. Come era possibile?

Una bellissima ragazza estone mezza ubriaca provò a sedersi sulle sue ginocchia. Ma lui, con un rigido imbarazzo reagì dicendo:

«No, scusa».

La ragazza fece una smorfia di disgusto e si allontanò con disinteresse. Ma questa non era una novità, la sua porta dorata era chiusa alle femmine e loro prima o poi se ne accorgevano. La novità erano i pensieri che martellavano il suo cervello come un picchio su un tronco: se era possibile leggere il pensiero ora qualcuno lo stava facendo? Aveva un omino dentro la testa che navigava per le sue immagini? Quel barbone gli stava rubando i pensieri? Non riusciva a

11

toglierselo dagli occhi. Aveva dentro sensazioni a cui non era abituato, emozioni fuori dalla routine. Quel barbone puzzolente gli stava monitorando anche quelle? E come aveva fatto? Non è che invece stava semplicemente diventando matto?

Ai suoi amici non sembrava importasse molto dei suoi pensieri. Bevevano, pippavano e si strusciavano già con quelle quattro modelle che avevano trovato. C'era Enrico Jucker, un ereditiero sfaccendato, Marcello Bica, un grosso promotore finanziario di origine meridionale e Armando Fumagalli, un apparentemente impostatissimo squalo della finanza. Nessuno gli aveva chiesto come mai non fosse venuto in macchina, nessuno gli aveva chiesto come mai fosse così silenzioso e pensieroso. Ogni tanto sentiva gli echi di quello che si dicevano, parlavano di calcio, di donne e sparlavano di persone assenti. Come al solito. Il tutto ritmato da una delle solite musiche miste di lounge e commerciale che fanno da colonna sonora alla vita dei ricchi.

Provò ad attaccare lui discorso con uno di loro, Marcello:

«Non sai cosa mi è successo».

Negli occhi dell'altro apparvero subito intrecci orgiastici degni del Trono di Spade. Che Edoardo interruppe con un inizio di frase:

«Ho incontrato un barbone...».

«No ti prego!», lo fermò subito l'altro aprendo le braccia, «non dirmi che ti sei messo a fare la madre Teresa di Calcutta. Davvero» disse scuotendo le mani, «non ce la posso fare ad ascoltare una storia del genere a quest'ora».

«Dai», replicò compostamente Edoardo, «la storia è veramente strana».

L'altro continuò a guardarlo in modo interrogativo.

«Ho incontrato un barbone che mi ha letto nella mente».

Il suo interlocutore lo guardò per un attimo negli occhi. Poi non trattenne un flusso energetico che gli arrivava dalle sue profondità più intime. E scoppiò a ridere.

«Scusa Edoardo, ci ho provato ma non sono riuscito a trattenermi. Sì, dicevi... Ti ha letto nella mente».

Di botto si rese conto che a nessuna di quelle persone con cui passava così tanto tempo importava nulla di lui. Se mai avesse avuto bisogno nessuno di loro ci sarebbe stato. E a dire il vero prese consapevolezza del fatto che neanche a lui importava nulla di loro. Erano solo maschere che si ritrovavano per un qualche mistero dell'universo a recitare sullo stesso palcoscenico dorato.

Sentì nel profondo l'esigenza di sguisciare via da quell'involucro in cui si trovava a vivere.

«Vabbè ragazzi, scusate ma io me ne torno a casa» disse allora un po' stranito.

«Che hai?» chiese qualcuno di loro.

«Niente, niente. Solo un po' di pensieri. Ci sentiamo domani».

Si alzò in piedi e senza dire niente altro se ne andò. Non aveva una meta a cui puntare, ma solo un luogo da cui allontanarsi. Ora che se ne era andato avrebbero dato il via alla sinfonia di pettegolezzi su di lui, che da presente diventava assente, nel grande gioco dell'ipocrisia metropolitana. Ma non gliene importava nulla. Sentiva dentro solamente un sottofondo di disgusto che lo trascinava lontano.

E da quella melma emotiva riemerse il ricordo della domanda del barbone: «vuoi cambiare?». Aveva risposto sì quasi per cortesia borghese. Ma ora si rendeva conto che quel «sì» risuonava dentro di lui: si era come accesa una luce e si era reso conto che doveva assolutamente cambiare qualcosa nella sua vita. Ma cosa? E come?

Mentre questi pensieri gli martellavano dentro la testa il suo corpo percorreva la distanza che lo separava dall'uscita. Richiamatosi a pensieri pratici si rese conto che doveva chiamare un taxi. Stava per farlo quando vide, esattamente davanti al locale da cui stava uscendo, una Lamborghini Gallardo bianca fiammeggiante. Una macchina identica alla sua. Il primo sapore che condì quella vista fu il disappunto misto a rabbia: quella era la macchina che lo rendeva diverso dagli altri, ma se qualcun altro ne aveva una identica alla sua allora dov'era la sua specialità?

Ma non fece a tempo a gustare il saporaccio di questo disappunto rabbioso che qualcosa di molto peggio salì dal profondo delle sue budella, un dubbio terribile che scuoteva le sue certezze: quella non era una macchina uguale alla sua. Quella era la sua macchina.

Fece un balzo per controllare la targa e il velo della realtà gli si squarciò davanti. Per un istante non capì se il suo cervello era marcio e non si ricordava di essere venuto in macchina o se era successo qualcosa che non capiva. La macchina doveva essere dal meccanico, che ci faceva lì? Ma un attimo dopo si aprì il finestrino del guidatore ed uscì un braccio. Il braccio di qualcuno che era seduto dentro la sua macchina. Si precipitò lì portando con sé le sue domande e la sua rabbia. E avvolto dagli interni in pelle e dagli accessori che lui aveva scelto nel dettaglio ci trovò il barbone. Quel barbone. Gli avrebbe voluto mettere le mani addosso e tirarlo fuori a forza dal finestrino, ma per un istante si sentì trattenuto dalle sue regole borghesi. E quell'istante fu decisivo.

«Ciao Edoardo» disse al volo il barbone. «Fossi in te farei guardare la pressione dei pneumatici, sembrano un po' giù».

E senza lasciare il tempo di una risposta o di una reazione sgommò via alla velocità della luce.

Aveva passato la notte fra carabinieri, denunce e litigi. Appena il barbone se ne era andato aveva subito chiamato suo padre, che però aveva il cellulare staccato. Era da parecchie ore che non riusciva a mettersi in contatto con lui.

Poi aveva chiamato il 112, era finito al comando dei carabinieri e aveva riversato la sua rabbia su un appuntato siciliano di turno, a cui aveva sbattuto in faccia tutta la sua ostentata ricchezza, ottenendo solo un rallentamento nella procedura di recupero della macchina. Solo a notte talmente fonda da mischiarsi con i primi sapori della mattina era riuscito a rincasare. Aveva trovato solo sua madre a letto che dormiva, chissà dov'era suo padre. A Dubai, in Cina, o magari a Montecarlo. Si buttò a letto e ripercorse tutto il racconto che aveva fatto ai carabinieri. Aveva dedicato quelle ore a ricostruire quello che era successo. Quel maledetto barbone doveva avergli rubato le chiavi in metropolitana quando lo aveva urtato, infatti non se le era più trovate in tasca. Lui aveva pensato di essersi dimenticato di averle date al meccanico. Ma doveva essere proprio un prestigiatore, perché non si era accorto di nulla. Con le chiavi in tasca doveva essere andato dal suo meccanico dopo l'orario di chiusura e se ne era andato con la macchina. Ma come faceva a sapere qual era il meccanico? Lo aveva spiato? O davvero leggeva nella mente? Poi però perché era andato ad aspettarlo davanti al locale? Così ora lui sapeva chi aveva la sua macchina. Sembrava una beffa atroce e irrazionale.

Si rigirò nel letto avviluppato in questi pensieri per tutte quelle poche ore che lo separarono dalla tarda mattinata. Si alzò, riprovò subito a telefonare a suo padre, trovando ancora spento, e non ritrovò sua madre in casa. Poco male, quella donna non avrebbe avuto di certo neanche una parola per risolvere quel problema, non aveva una gran testa. L'unica fortuna nella vita di sua madre era stata avere un padre schifosamente ricco ed un marito che se l'era presa per quello.

Uscì dalla sua villa sul naviglio a piedi, diretto a un sushi bar che frequentava abitualmente. Sperava di trovare qualcuno dei suoi inutili amici borghesi a cui raccontare l'accaduto. Poi però a metà strada gli si ripresentò sulla lingua lo sgradevole sapore della sera prima e pensò che non era il caso. Si fermò e fece una repentina marcia indietro. E fu lì che se lo ritrovò di fronte. A due metri da lui, dritto in mezzo al marciapiede, con gli occhi puntati sui suoi. Il ragazzo fece due passi iniziando ad aprire la bocca, ma il barbone alzò una mano e prima che la bocca di Edoardo potesse partorire parola disse:

«Se rivuoi la tua macchina passami oltre, cammina cinque passi davanti a me dritto finché non ti dico io cosa fare».

Il fiume di parole che stava per eruttare dalla bocca di Edoardo e che portava con sé termini ed espressioni come «carabinieri», «ti faccio arrestare», «denunciato», «non sai chi sono io» riuscì a far emergere solo un «ma...» prima che il barbone aggiungesse perentorio e minaccioso: «niente domande, niente parole. E se non ti va bene scompaio. O se anche mi prendono non dirò mai dov'è la macchina. Scegli tu».

Dopo qualche secondo di riflessione, che gli servì per maledire il sistema italiano che consente ai furfanti di fare quello che pare a loro senza garantire la sicurezza delle persone per bene come lui, Edoardo gli passò a fianco guardandolo con sospetto ed iniziò a camminare.

Si sforzava di non pensare a niente, nel timore che quell'uomo gli leggesse la mente come aveva fatto in metropolitana. Dopo un centinaio di metri sentì la voce del barbone che diceva «a sinistra». Ma non fu sicuro se fosse la sua voce o se gli comunicasse direttamente nel cervello. Comunque svoltò. Dopo altri duecento metri sentì un «destra» e svoltò. Vide dall'altro lato della strada un vigile, ma capì da solo che se avesse provato a chiamarlo il barbone sarebbe sparito e scacciò il pensiero prima che glielo potesse leggere. Svoltò ancora varie volte, in vie che iniziava a conoscere poco o niente, finché non sentì chiaramente uno «stop». Vide a fianco a sé un saracinesca abbassata. Il barbone fece i pochi passi che lo separavano da lui e la alzò. Dentro c'era un maggiolone scassatissimo.

«Entra» disse perentorio. Edoardo ebbe una esitazione.

«Puoi salire con me e venire alla tua macchina. E ti do la mia parola che non ti sfiorerò neanche con un dito. Oppure puoi andartene e la macchina la farò sparire insieme a me».

Trovando un coraggio che non sapeva di avere – ma d'altra parte per la sua macchina questo ed altro – Edoardo salì sul maggiolone. Il barbone iniziò a guidare uscendo da Cernusco sul Naviglio in direzione nord. Poi in una zona industriale si fermò a lato della strada. Aprì il cruscotto e tirò fuori una grande benda nera.

«Non voglio tu capisca dove ti porto. Immagino tu comprenda…».

Superando l'ennesima riluttanza Edoardo si fece mettere quella benda nera. E sulla testa un cappellino con la visiera per nascondere la benda. Il barbone riprese a guidare, ma per quanto il ragazzo cercasse di capire dove svoltava e cercava di memorizzare la mappa di Milano, quella canaglia girava intorno alle rotonde per più volte e probabilmente girava intorno agli isolati per fargli perdere l'orientamento. Ed infatti dopo pochi minuti Edoardo non aveva la più pallida idea di dove fosse. Passò mezz'ora, forse quarantacinque minuti, quando, sentendo una strada sterrata, si accorse che la macchina si era fermata. Sentì la portiera del guidatore aprirsi, il barbone scendere ed aprire qualcosa di simile ad una saracinesca, il barbone ritornare, la portiera richiudersi e la macchina ripartire. Edoardo era inzuppato di sudore freddo ed iniziava a sentire l'odore del suo corpo, fatto a cui non era abituato. Dopo pochi metri la macchina si fermò di nuovo, di nuovo il barbone scese, ma questa volta si aprì la sua portiera.

«Scendi» gli disse prendendolo per una spalla. Edoardo scese e si lasciò condurre dalle mani del barbone, che dopo qualche passo gli assestò una lieve spinta che lo fece cadere su una sedia. Senza avere il tempo di reagire si sentì appoggiare qualcosa sulle braccia e qualcosa sulle gambe, che iniziò a premere sgradevolmente sulla pelle. Poi si sentì slegare la benda.

«Guarda dove ti ha portato il tuo attaccamento a quella macchina» gli disse il barbone con un tono strisciante.

Edoardo si guardò intorno. Era dentro un capannone industriale, seduto su una un grosso trono di legno, con spesse corde che gli tenevano braccia e gambe legate alla sedia. Davanti ai suoi occhi c'era il maggiolone. Poco oltre c'era la sua macchina, bianca fiammeggiante. A fianco a lui invece c'era uno scaffale su cui vide subito balenare una lunga lama affilata, una sparachiodi, una mazza da baseball di metallo e molti altri attrezzi. E lì, fra lui e quegli strumenti di dolore e di morte, c'era il ghigno del barbone. Edoardo sentiva già i chiodi conficcarsi nella sua carne e le sue ossa frantumarsi.

Capì di avere fatto l'errore più grande della sua vita.

Provò a deglutire, con la gola e le fauci secche. E disse con un filo di voce:

«Mi hai dato la tua parola…».

«E tu ti fidi della parola di un barbone?» chiese secco.

Edoardo sentì il sangue gelarsi nelle vene.

Il barbone prese un lungo pezzo di grosso fil di ferro. E disse freddamente:

«Hai mai sentito parlare di come nel medioevo toglievano le budella ai torturati? Con un semplice meccanismo con una rotella e un filo.

Oggi ci sono tecniche perfezionate per le quali è sufficiente fare un uncino con un filo di ferro, squarciare un pezzo di pancia, ma bisogna conoscere il punto giusto; poi si arpiona un pezzo di intestino e si inizia a tirare. Viene fuori pian piano, tirandosi dietro un sacco di sangue, di liquidi e un puzzo terrificante. Dicono sia dolorosissimo».

Mentre parlava il barbone stava armeggiando con il filo di ferro. In una sommità ne aveva tratto un uncino.

«Dunque, Edoardo, tu per una macchina hai seguito gli ordini di un barbone e ti sei fatto portare in un luogo sconosciuto, ti sei lasciato legare ad una sedia e sei in balìa di lui. Quella macchina è proprio tutto per te».

Il ragazzo si sentiva violentato nella parte più intima della sua mente.

Il barbone posò il filo di ferro e prese dallo scaffale un piede di porco. Edoardo sentiva già nella sua testa le ossa spaccarsi sotto i colpi di quel massiccio oggetto di metallo. Provò a dimenarsi per allentare le corde, ma non ce la fece.

«Eppure, caro Edoardo», riprese il barbone con il suo fare freddo, «lo sai che sotto la sua bella superficie questa macchina è come tutto il resto» e così dicendo si avvicinò alla macchina e con il piede di porco scardinò il cofano con una forza bruta, tirandolo poi a lato

«Lo vedi, è vuota e fredda. È bella solo la facciata».

Poi lo guardò dritto negli occhi e con un viso da pazzo urlò: «Lo capisci che anche questa macchina è solo facciata! Solo facciata! E tu vuoi rimanere per tutta la vita lì, nella facciata?».

Fece un balzo alla macchina ed iniziò a tempestarla di colpi con il piede di porco, continuando a urlare «solo facciata!». Ad ogni colpo la carrozzeria si ammaccava, si incrinava, mentre i vetri si frantumavano in un rumore che penetrò le orecchie di Edoardo. Fu come se stesse squarciando il suo corpo. Poi di botto il barbone si fermò, fece cadere per terra il piede di porco e rimise di nuovo la sua faccia sporca vicino a quella di Edoardo. Effluvi maleodoranti gli salirono al naso.

«Non sei capace di nascondermi i tuoi pensieri. Stai pensando: tanto l'assicurazione mi ripagherà la macchina. È vero Edoardo?».

Edoardo annuì deglutendo.

«E chissenefrega di questa macchina. Riprenditela pure. Cosa è più importante per te? C'è qualcosa che vale più della tua macchina?».

Edoardo si sforzò di non pensarci. Ma gli apparve l'immagine di suo padre.

«Tuo padre» disse freddamente il barbone voltandosi di nuovo verso la carcassa della Lamborghini. «Quel padre che ti ha sempre protetto, quello scudo che ti ha difeso dal mondo, quell'essere semi onnipotente che fa sì che tu sia ciò che sei».

Il barbone sollevò uno degli sportelli della macchina e con un grosso strattone fece saltar fuori un fagotto. Era un uomo tutto legato ed imbavagliato. Era suo padre.

Edoardo sentì tutto il suo corpo tirarsi, vide il suo mondo crollare, spazzato via da un gemito e da un fiume di lacrime che iniziarono a sgorgare dai suoi occhi.

«Noo!! Papà!!».

«Gratta la Lambo e trova il papino» commentò ridacchiando il barbone.

Poi girò con fare educato intorno a quel corpo che si contorceva sul pavimento.

«Sai Edoardo, non capisco proprio come quest'uomo possa essere da così tanto tempo il tuo idolo. L'ho pescato in uno squallido alberghetto di San Siro con un travestito che di femminile non aveva neanche i gomiti. Visto che gradiva la pratica l'ho portato nei bassifondi e l'ho fatto sodomizzare da un gruppetto di ragazzi un po' tossici che vivevano in strada con me. Credo che nessuno di loro avesse l'AIDS. Almeno così mi hanno detto, anche se si scambiavano sempre le siringhe. Ha pianto tutto il tempo come un bambino implorando pietà. Non sembrava gli piacesse un granché. Ho anche fatto alcuni filmati e un sacco di foto, vediamo se è il caso di metterli su internet».

Il suo ghigno continuava a pugnalarlo.

«Comunque ti sei scelto un bell'idolo da adorare, caro Edoardo».

Il ragazzo sentiva un fuoco bruciargli lo stomaco e la pancia. Non riuscì a trattenere un grido:

«Cosa vuoi? Dimmi cosa vuoi!».

Il barbone fece una faccia sorpresa, poi si avvicinò a lui di nuovo. E con un atteggiamento insolitamente delicato che suonava folle rispose:

«E se io volessi solo che tu sia felice?».

Il barbone ritornò al corpo del padre, lo guardò con disgusto, si sbottonò la patta dei pantaloni e ci pisciò sopra. Poi raccolse da terra il piede di porco, guardò il mobile con gli attrezzi, guardò il ragazzo e disse determinato:

«Bene Edoardo, allora cosa vogliamo fare?».

«Mamma mi sono un po' spaventata».

Lucia stava nascosta dietro alle gambe di Sabrina e si teneva una mano davanti alla bocca. Sabrina avrebbe voluto già da un po' salutare il barbone e la sua storia, intrisa com'era di cose che non voleva far sentire alla bambina. Eppure quella voce l'aveva come ipnotizzata e non riusciva a liberarsi dalla sua morsa che la tratteneva. Era come se quelle parole stessero scavando una buca nel giardino della sua coscienza e della sua memoria e lei era curiosa di scoprire se avrebbero trovato un qualche tesoro nascosto.

«Davvero ti ha fatto paura?», chiese il barbone. «Ma non vedi quante cose più brutte passano in televisione?».

Fu Rolf a sbloccare la situazione. Si alzò dal placido cantuccio in cui stava rannicchiato ed andò ad annusare le gambe di Lucia. La quale, essendo una bambina, si concesse il lusso che solo chi resta bambino ha, di passare d'un tratto dal terrore allo stupore. Ed accarezzando con il sorriso quel cagnolino pulito fece scorrere via il ricordo di Edoardo e di quello che gli stava succedendo.

Sabrina taceva, perché aveva la sua identità di mamma che la premeva per portare via la bambina, ma qualcos'altro dentro la stava costringendo a stare lì, in attesa di qualcosa che non capiva.

«Lucia» chiese allora il barbone con fare dolce, «preferisci che ti racconti la storia di una bambina cresciuta?».

Quegli occhioni puri lo guardarono e si gettarono nei suoi. E con un cenno del capo Lucia diede inizio alla storia.

«C'era una volta...».

C'ERA UNA VOLTA ELISABETTA

La vita di Elisabetta in realtà era esattamente come doveva essere: era nel più importante studio di diritto del commercio internazionale di Roma, lavorava come avvocato 24 ore al giorno. Continuamente doveva vivere il multitasking del fuso orario, con telefonate che a tutte le ore le arrivavano dal Giappone, dalla Colombia e dall'Australia.

Aveva una paga base di 5 mila euro al mese, che spendeva tutti in vestiti, le rare volte in cui riusciva a prendersi un'ora per lo shopping, in cene sofisticate mandate giù con l'imbuto insieme ad altre persone come lei e quello che rimaneva se lo bruciava tutto in agosto in 20 giorni, tra hotel di stralusso e fugaci viaggi costosissimi a Saint Tropez o in isole lontane.

Stava a Roma ma della città non conosceva praticamente niente, viveva come in una bolla di puro lavoro.

Ovviamente era single. Ma su questo punto non era del tutto d'accordo con se stessa. Una parte di lei capiva che doveva rimanere single. Perché tanto tutte le volte in cui aveva immaginato qualcosa di serio aveva finito per far scappare il ragazzo di turno.

«Se non hai tempo per me non capisco come possiamo pensare a una famiglia insieme».

Questo le aveva detto il suo primo ragazzo «serio», che viveva anche lui al paesello in provincia di Modena da cui veniva Elisabetta. All'inizio, quando si era trasferita, lui scendeva a Roma apposta per incontrare lei, che il più delle volte non riusciva a concedergli niente più di un fugace aperitivo. Dopo di lui era andata sempre uguale: nessun uomo si accontentava di quel tempo che il suo lavoro le lasciava.

Ma dentro c'era anche un'altra sostanziosa parte di lei che gridava dolorosamente il desiderio di avere un uomo a fianco, di mettere su famiglia, di avere dei figli. Questa parte vedeva le rughette punzecchiare gli occhi, il seno iniziare ad afflosciarsi, così come tutti i tessuti che cominciavano a rispondere al richiamo della gravità. Sapeva, ma non voleva sapere, che presto non sarebbe stata più desiderata da quelle bestie orrende degli uomini, capaci di vedere solo tette sode e culi tondi.

Sapeva che se non avesse stretto un legame in tempi rapidi avrebbe vissuto il resto della vita con una terribile compagna: la consapevolezza di essere sola.

Questo conflitto fra due diverse istanze di se stessa aveva prodotto uno schema di azione che si andava ripetendo dolorosamente da anni: iniziava ad uscire con qualcuno, speranzosa ogni volta che fosse quello giusto, gli dedicava qualche sporadica ora alla settimana, che spesso finiva per riassumere ogni volta tutte quelle fasi del corteggiamento che iniziano dal locale per aperitivi e finiscono sotto le lenzuola.

E soffriva terribilmente quando si accorgeva, ogni volta, che il maschio di turno si era preso il suo corpo, ma al resto della sua vita non si affezionava.

Non esisteva un solo uomo sulla terra capace di capirla nella sua complessità? E di amarla?

Quel giorno aveva finito le interazioni e si era rintanata nel suo studio. Si era assicurata che nessuno la vedesse e mentre il cellulare e il telefono fisso suonavano in un concerto metallico senza sosta lei si diede il permesso di versare lacrime. Si trovava sempre più spesso ad avere dentro un tale affollarsi di pensieri ed emozioni che non riusciva a non farli esplodere in un pianto. Che le dava l'illusione di essersi sfogata. Ma che in realtà sottolineava solo che non aveva ancora fatto la pace con se stessa.

Le scapparono anche un paio di singhiozzi. E proprio in quel momento si aprì la porta. Era l'avvocato Cimarosa, il suo capo supremo, il titolare dello studio, una vera autorità mondiale del diritto del commercio internazionale. Cognome napoletano, ma nato e cresciuto in Germania. Un uomo che le multinazionali e gli Stati pagavano per fare arbitrati. E lo pagavano milioni e milioni di dollari. Era l'uomo da cui dipendeva la sua carriera.

«Tutto a posto, avvocato?» le chiese sollevando un sopracciglio e guardandola dritta con occhi di ghiaccio.

«Sì, sì, scusi» rispose cercando di trattenere i singhiozzi, «solo un piccolo problema». Alzò il viso e lo espose allo sguardo del capo. Sapeva che era impregnato di dolore, con il trucco misto a lacrime che probabilmente le impiastricciava tutta la faccia. Proprio lei, che aveva dedicato tutte le sue energie per apparire sempre forte, implacabile, inattaccabile.

«Avvocato» disse il capo con voce metallica facendo finta di niente, «c'è un grosso caso da seguire. Un cliente egiziano. Un caso molto importante per lo studio. Ho scelto lei e l'avvocatessa Pagani».

«Molto bene» rispose deferente Elisabetta. Anche se odiava la Pagani dal più profondo del cuore. Non aveva mai incontrato persona più spregevole di lei.

L'avvocato Cimarosa, con il suo consueto sguardo di ghiaccio, disse solo:

«Molto bene, si riguardi».

Le appoggiò sul tavolo un fascicolo e la lasciò alle sue lacrime.

Prima di tutto veniva il suo lavoro e la sua carriera. Si asciugò le lacrime, si risistemò il viso in fretta e furia e si buttò a capofitto su quell'affaire egiziano. C'erano carte in inglese, francese, alcune in arabo. Non sapeva neppure più in quante lingue finiva per parlare ogni giorno, arroccata sulla sua torre di Babele in avorio e chiffon. Scappando da sé e buttandosi nel mondo pulsante riusciva a sentirsi cittadina del mondo, una donna realizzata. Quel fuoco che l'aveva fatta ardere sino a quel momento aveva ancora una fiamma vivida. E fu con quella che riscaldò quell'attimo di sconforto.

Ma arrivò presto altra legna a rinvigorire la fiamma.

Mentre si districava fra le telefonate in mille lingue le vibrò il cellulare personale. Un messaggio di whatsapp. Era Riccardo. Un ragazzo molto bello, molto charmant, con cui era uscita un paio di volte qualche anno prima. Era perfetto e si era innamorata. Erano andati a letto, poi lei aveva dovuto disdire per impegni di lavoro vari appuntamenti che si erano dati. Lui era sparito. E le aveva spezzato il cuore. Ebbe quindi un piccolo sobbalzo quando lesse:

«Ciao Elisabetta bella come stai? Sono tornato da Londra per alcuni giorni, ti va se ci vediamo? Magari domani?».

Elisabetta si era pettinata i capelli e si era sistemata la blusa prima di rispondere. Avrebbe voluto inondarlo di parole, dicendogli quanta stima aveva per lui e quanto le dispiacesse che non si vedessero mai. Iniziò a scrivere una risposta, che cancellò. Ne scrisse un'altra mezza e la cancellò. Si fermò a pensare alle parole più giuste da digitare. Non le venivano. Passò qualche minuto e Elisabetta si rese conto che il cliente egiziano e tutti i suoi collaboratori la stavano cercando. Per cui si affrettò e rispose velocemente:

«Ciao Riccardo, che bello sentirti!! Certo domani sera mi farebbe tanto piacere vederti. Facciamo apericena?».

E si ributtò sugli egiziani.

Lavorò ancora molte ore, fece molte altre telefonate prima che si concedesse il lusso di tornare a casa. Erano le 20, forse le 20.30 e lei era stata in studio sin dalle 8 di mattina. Niente di strano, anzi, una giornata tutto sommato neanche troppo pesante. Uscì dall'edificio e si mosse in direzione di casa. La serata primaverile era fresca e piena di gente per strada e questo le mise un po' di apparente buonumore. Roma a volte le faceva ancora questo effetto, anche se oramai era da tanti anni che aveva lasciato il paesello per trasferirsi nella capitale.

Tutto questo la portò ad un piccolo gesto di generosità. Poco distante da lei, al lato del marciapiede dove stava camminando, c'era un uomo steso per terra, tutto circondato da cartoni, che tra un po' avrebbe usato come rifugio per il freddo della notte. Stava dormendo, un po' rannicchiato su se stesso. Elisabetta gli si avvicinò, si piegò in avanti e senza dire niente gli appoggiò qualche moneta davanti al viso. Ma mentre era piegata e si era avvicinata a lui, gli occhi del barbone si aprirono di botto e si ficcarono dentro ai suoi. Elisabetta fu come bloccata da quello sguardo che la penetrava. In neanche un secondo si animò la bocca del clochard, che le disse soltanto, con tono sorpreso:

«Stai scherzando?».

L'uomo non distolse gli occhi dai suoi e si alzò delicatamente su un gomito.

Un po' spaventata Elisabetta si ritrasse e disse d'impeto:

«Ne volevi di più?».

L'uomo sorrise e le chiese pacatamente:

«Perché mi dai questi soldi?».

Spiazzata da quella reazione, Elisabetta balbettò qualcosa come: «Volevo aiutarti».

L'uomo sorrise di nuovo, ma di un sorriso beffardo. E disse: «Tu vuoi aiutare me?».

Gli scappò anche un risolino pungente.

«Hai 38 anni, sei sola come un cane, lavori dodici ore al giorno, vivi una vita che non vivrebbe neanche un operaio delle fabbriche inglesi dell''800 e credi di essere nelle condizioni di aiutare me?».

Elisabetta si sentì come penetrare la carne da un pugnale affilato. Lei che era abituata a parlare tutte le lingue del mondo non aveva parole per replicare.

L'uomo la guardò ancora per qualche frazione di secondo mentre le si inumidivano gli occhi, poi si rimise nella sua posizione rannicchiata e chiuse gli occhi. Elisabetta era pietrificata e dovette trovare la coscienza di sé per poter distogliere lo sguardo e pensare di andarsene. Ma prima che il suo piede si alzasse e mettesse in moto una strategia di allontanamento, il barbone, rimanendo steso con gli occhi chiusi disse:

«Pensi di aver vinto, invece con la tua vittoria stai perdendo la tua unica occasione di vincere. Quando ti deciderai ad essere felice fammelo sapere. Non è mai troppo tardi per smetterla e riprendersi la propria vita. Vuoi cambiare la tua vita, Elisabetta?».

La ragazza sentì l'impulso di scappare. Cosa che fece a passo spedito. Ma dopo pochi passi sentì l'esigenza di girarsi e ringhiare con rabbia, forse per sfogarsi di quella sorpresa:

«Certo che voglio cambiare!».

Camminò ancora un po' spinta dalle emozioni del momento. Poi si fermò a rimirare alcuni scorci della Roma che era e che è. E vedendo un grande passato con i piccoli occhi del presente si rese conto di botto che aveva una vita sola, una sola occasione per fare ciò che realmente voleva. E questa occasione le stava sgusciando via dalle mani.

«Vuoi cambiare la tua vita?».

Chissà. In realtà era arrivata ad un punto per cui non poteva certo lasciare il suo lavoro. Elisabetta guardò il tempio di Vesta. E si rese conto con tutta se stessa, al di là del tempo e dello spazio, che doveva assolutamente fare qualcosa. Poi fermò un attimo la mente e si chiese un po' perplessa:

«Ma come cavolo faceva quel barbone a sapere il mio nome?».

Elisabetta si alzò come al solito alle 7, come al solito fece i suoi venti minuti di ellittica, che aveva in casa, come al solito fece la sua doccia tonificante. Come al solito uscì di casa e andò a lavorare a piedi.

Roma la guardava camminare nel suo vestitino da 1000 euro, su quelle scarpe da 400 euro, lasciandosi dietro una scia di un profumo sofisticato adatto solo a narici evolute e reperibile solo a chi può permettersi di spendere 200 euro per una piccola confezione.

Come al solito arrivò in studio, salutò i pochi che a quell'ora erano già arrivati, salutò un cliente, il dottor Bica, che ogni tanto capitava in studio e come al solito si buttò sulle carte del suo lavoro, fra atti in spagnolo, documenti in inglese, tedesco e francese. Doveva mettersi al 100% sull'affaire egiziano. Come al solito si attaccò al telefono ed iniziò ad interagire, in tutte le lingue che sapeva, con gente che non conosceva ma che le consentiva di guadagnare un sacco di soldi. Se un occhio l'avesse seguita tutto il giorno, se l'avesse spiata e poi avesse fatto una comparazione con il giorno prima, la settimana prima, il mese prima, tutto sarebbe sembrato uguale. A parte i suoi vestiti e le sue scarpe.

Invece per la prima volta da molto tempo Elisabetta si portava dentro un po' di gioia. Sì, perché quella sera avrebbe rivisto Riccardo. Gongolò intervallando i suoi pensieri sull'Egitto con quelli su Riccardo.

In quel flusso incontrollabile di pensieri ed informazioni solo a metà mattina si rese conto che effettivamente non aveva controllato se Riccardo aveva risposto alla sua proposta. Con il cuore in gola cercò allora i messaggini. E ne trovò uno di Riccardo, scritto pochi minuti dopo il suo, quindi in attesa dal giorno prima:

«Certo con piacere. Alle 2030 da Ninetto?».

Con l'ansia nei nervi rispose immediatamente:

«Perfetto, a dopo!».

Aveva ancora una montagna di cose da fare per quell'affaire, ma sperava di riuscire a superare il grosso del lavoro entro la settimana. Era stanca, stanca morta. Il 90% delle cose che stava facendo non le avrebbe volute fare, ma il suo robusto senso di responsabilità la costringeva, non riusciva a farne a meno.

Entrò nel suo studio la Pagani, la collega con cui condivideva l'affaire.

«Elisabetta» disse subito senza salutare, con tono di superiorità, «hai già letto le carte della faccenda egiziana?». Era figlia di un importante onorevole che faceva avere allo studio un sacco di lavoro. Per quella condizione si sentiva onnipotente.

«Certo, le ho avute ieri» rispose trattenendo il disgusto, sapendo benissimo che l'altra non le aveva lette.

«Molto bene, molto bene. E cosa ne pensi?».

«Penso che la situazione sia molto chiara: dobbiamo subito avviare la procedura per un arbitrato internazionale per svincolarci dai tribunali egiziani, che in questa fase di turbolenza sono meno affidabili che mai».

«Ah» ghignò lei maligna, «voi di provincia non riuscite proprio mai a smettere di essere provinciali. Avete in mano un affare grosso e perdete il senso della misura. Quale arbitrato e arbitrato, è evidente che il foro competente è quello egiziano e noi dobbiamo rimanere nei tribunali egiziani».

Elisabetta avrebbe voluto mettere in piedi una lezione di diritto e spiegarle con rabbia perché stava dicendo una sonora sciocchezza. Si limitò a dire:

«Non sono d'accordo, credo che sarebbe una follia mandare il cliente nelle fauci della giustizia egiziana, che tra l'altro ha già dimostrato grossa antipatia verso di lui...».

«Senti», la interruppe brusca, «chi di noi due conta di più in questo studio?».

«Che c'entra...».

«Chi di noi due conta di più in questo studio?».

A Elisabetta costò moltissimo mettere insieme quelle due lettere che compongono la parola «tu» e ancor più fatica fece a farle uscire dalle sue labbra.

«Molto bene. E io cosa ho deciso?».

«Tu vuoi rimanere nei tribunali egiziani, anche se...».

Si scontrò con i suoi occhi di bambina viziata. Elisabetta sapeva che guai comportava mettersi contro la Pagani, per cui si limitò a dire:

«Va bene, facciamo come vuoi tu. Ma se è la strada sbagliata fai tu i conti con il capo».

La Pagani fece una smorfia di disprezzo e se ne andò.

La giornata la stritolò come uno schiacciasassi e senza neppure avere il tempo di tornare a casa a farsi una doccia si presentò da Ninetto alle 21 tutta trafelata. Vide Riccardo ad un tavolo. Si precipitò da lui.

«Riccardo scusa il ritardo» disse con un sorriso intriso di sensi di colpa e di consapevolezza scontata che l'altro non avrebbe fiatato.

Il ragazzo le baciò la mano. Era affascinante, luminoso ed elegante, con una bella giacca blu, una pochette e un paio di jeans. Le fece subito cenno con sicurezza di accomodarsi al tavolino. Le sorrise. Le piaceva anche perché riusciva ad infondere sicurezza con un solo sguardo.

«Come stai?» le chiese subito.

Elisabetta appoggiò i gomiti sul tavolo, si prese la testa con le mani e si limitò a dire:

«Sono stanca. Molto stanca».

Molti pensieri del ragazzo si affacciarono sul suo viso, ma lui si guardò bene dal tradurli in parole.

«Sto attraversando un periodo complesso della mia vita» gli disse guardandolo in quei begli occhi verdi brillanti. «Spero di riuscire a mettere in ordine tutto molto presto».

Il ragazzo annuì guardando in basso.

«Tanti casini, il lavoro è molto difficile... stancante... non ne posso più Riccardo».

Lui continuò ad ascoltare annuendo e giochicchiando con un tovagliolino. Elisabetta stava per ripartire con una sequenza di lamentele ma lui la stoppò con una domanda:

«Come va l'amore?».

Elisabetta arrossì.

«L'amore… mi piacerebbe trovare il tempo per l'amore».

Riccardo fece comparire sul suo viso uno strano ghigno, che si trasformò in una frase:

«Abbiamo una intera sera…».

Elisabetta sentì qualcosa esplodere dentro. Eccitazione, senza dubbio. Riusciva ancora a riconoscerla, anche dopo tanto tempo. Ma la sua stanchezza fisica le metteva addosso fardelli pesanti come il piombo. Riccardo le prese una mano e quel fuoco che sentiva dentro trovò fiamma. Gliela baciò e le fece uno sguardo che lei capì benissimo. Non ci mise neanche dieci secondi a far uscire dalle sue labbra queste parole:

«Ti va se andiamo a mangiare da me? Dovrei avere qualcosa in frigo».

Riccardo annuì disinvolto. Si alzò, pagò l'aperitivo che solo lui aveva preso e andò a dare il braccio a Elisabetta. Camminarono abbarbicati l'uno sull'altra, avvolti dal desiderio. Condotti da una forza primordiale in men che non si dica erano sul letto. La passione animò i loro corpi per una fetta di tempo immobile sospeso fra quello velocissimo che avevano appena vissuto e quello lentissimo che entrambi sapevano sarebbe arrivato. Ma ora era il loro momento, la loro occasione di fermare tutto e vivere senza che il tempo potesse essere misurato. Dopo quel fugace spicchio di eternità che si era affacciato nelle loro vite si ritrovarono sul letto disfatto, entrambi appagati e stanchi. Non avevano più contatto fisico ed anche i loro pensieri si erano girati in direzioni diverse.

«Riccardo» chiese Elisabetta vedendo il mondo attraverso lenti rosa, «ma tu ti ricordi perché tra noi è finita?».

«No» rispose secco il ragazzo, riempiendo di gioia il cuore della ragazza, che non riusciva a capire perché non stessero insieme.

«Però», aggiunse il ragazzo, «ricordo perfettamente perché non è mai iniziata».

Elisabetta si rabbuiò.

«Ah sì?» chiese allora con la rabbia che le cresceva dentro, «e perché?».

«Perché tu Elisabetta fai una vita orribile, non ne sei padrona e sei schiava del tuo lavoro».

Boom. Un colpo di mortaio da 120 aveva colpito all'improvviso le fragili difese della sua sicurezza, mandandole in frantumi.

«Io? ma cosa dici?» gracchiò la ragazza scossa e ferita alzandosi e iniziando a rimettersi addosso la biancheria intima.

«Elisabetta» le disse Riccardo guardandola in faccia, «sei arrivata all'appuntamento con mezz'ora di ritardo, sudata e poco sistemata. Ho capito subito che sei venuta direttamente dallo studio. Ho capito che non trovavi neppure il tempo di rispondere ai miei messaggi, se non con un giorno di distanza. Nel momento in cui ti sei seduta in quel bar non hai fatto altro che lamentarti perché sei stanca».

Elisabetta si sentì come penetrare la carne da un pugnale affilato.

«Ero venuto a capire se qualcosa era cambiato, dopo questi anni, se avevi ripreso le redini della tua vita o se ne eri ancora schiava. Sei una ragazza con grandi potenzialità, mi sarebbe piaciuto approfondire. Ma ho capito subito che hai scelto di non avere spazio per l'amore nella tua vita. Così diventa chiaro che l'unica cosa che possiamo fare è il sesso. È piacevole e divertente. Per cui eccoci qua. Le tue scelte fanno sì che non ci possa essere niente più di questo».

Ora che si era rivestita si sentiva nuda.

«Vattene!» gli gridò piena di rabbia, «non posso stare qui a farmi dire tutte queste cattiverie da te».

«Cattiverie? Ti dico quello che penso. Anzi, quello che mi hai fatto pensare. E non le dico certo con lo scopo di ferirti, che beneficio ne avrei? È talmente evidente che vivi una vita che non vuoi che probabilmente non riuscirai a mentire a te stessa ancora a lungo».

Lo guardò in faccia con occhi carichi d'odio. E mentre gli lanciava frecce avvelenate con gli occhi, vide sul suo volto uno strano riflesso. Un riflesso che le fece rivedere in lui il volto del barbone. Fu solo quello che le impedì di mettergli le mani addosso e di inondarlo di insulti.

Chissà perché. Riccardo prese i vestiti che gli rimanevano e si congedò dicendo pacatamente:

«Credo sia opportuno che io vada».

La ragazza non trovò la forza di rispondere e rimase in ginocchio sul letto aspettando di sentire la porta di casa che si chiudeva, portando via con sé quella persona che tanto le piaceva. Solo allora riuscì a gridare «vaffanculo!». Le cataratte del cielo si aprirono ed un fiume di lacrime sgorgò dalle sorgenti dei suoi occhi doloranti e stanchi. Pianse a singhiozzi tutta la notte senza riuscire a prendere il filo di nessun pensiero, sopraffatta dalle onde impetuose delle emozioni che la riportavano continuamente nelle profondità del mare del suo dolore.

Quella domanda che il barbone le aveva rivolto esigeva una risposta. «Vuoi cambiare la tua vita?». E la risposta che si era ritrovata a dare in quel mare di pianto era come uno spillo piantato nella carne. Le certezze che teneva salde nella sua mente, come in una cassaforte, erano state scosse. Si sentiva debole, indifesa e trasparente di fronte ad una realtà che la accecava. Il mistero della sua identità. La vita le aveva strappato dagli occhi gli occhiali da sole. Tutto quel terribile mix di rabbia, tristezza, sconforto che ruggiva dentro di lei e che lei faceva di tutto per tenere alla catena, era stato liberato.

Distrutta da questa nottata sentì la sveglia che suonava. Non ce la poteva fare ad andare in studio. Ma, pensò, se rimaneva lì avrebbe continuato a stare in quel letto di spine a soffrire. E poi non poteva lasciar perdere l'affaire egiziano. Si alzò trovando forze che non sapeva di avere da parte. Si mise davanti allo specchio. Aveva il viso di chi aveva passato la notte a farsi picchiare da una gang di albanesi e la trascuratezza di una zitella depressa. Si guardò dritta negli occhi e chiese:

«Elisabetta, vuoi cambiare la tua vita?».

Dalle sue più intime profondità eruttò un «sì, cazzo!» che scosse tutto il suo corpo.

«Mamma perché la signora dice le parolacce?» chiese Lucia.

«Era un po' arrabbiata, voleva sfogarsi».

La bambina guardò per terra qualche attimo, tenendosi un dito in bocca. Poi chiese:

«Quindi quando mi arrabbio le posso dire anche io?».

«Nonono, le parolacce le dicono solo le persone maleducate».

«Quindi la signora della favola è maleducata?».

«Beh» disse la mamma cercando di sfuggire, «in quel momento era un po' fuori di sé».

«E io posso andare fuori di me?».

«Lascia stare, è inutile cercare di spiegarglielo» intervenne il barbone togliendo le castagne dal fuoco della mamma, «La morte e la volgarità sono le uniche due realtà che l'era contemporanea non è riuscita a spiegare. Comunque non preoccupatevi: la storia sarà volgare solo quanto basta».

Come un automa e senza accorgersi pienamente di dove fosse e di cosa stesse facendo, Elisabetta si ritrovò in ufficio. Un'altra giornata piena di documenti da finire con scadenze immediate, telefonate chilometriche da fare in tutte le lingue e pressioni di ogni tipo dai colleghi di studio. Ma al centro di tutto, come un sole oscuro che rabbuia ogni cosa, c'era il pensiero della sera prima. Il drago di emozioni che sbraitava dentro di lei stava lasciando una grossa scia che trasformava le lacrime in rabbia. Rabbia perché un uomo non doveva permettersi di parlare ad una donna in quel modo. Rabbia perché non capiva da dove arrivassero tutte quelle emozioni. Rabbia perché non si sentiva se stessa. Rabbia perché si sentiva a disagio. Rabbia perché dall'inferno le fiamme arrivavano a lambire il suo mondo, che lei aveva scelto perché credeva essere il paradiso.

Mise giù il telefono e terminò una telefonata con un collega australiano che conosceva bene le procedure dei tribunali egiziani. Le lacrime sgorgarono a fiotti dai suoi occhi ed erano talmente impregnate di dolore che le sembravano di sangue. Possibile che fossero bastate poche parole di un uomo per ridurla così?

Si sentiva come un involucro svuotato. Si rimise a prendere in esame alcuni atti, rendendosi conto, nella tortura che quella stanchezza le procurava, che l'affaire egiziano era oramai praticamente imbastito. Riteneva che la soluzione imposta dalla Pagani fosse una follia, ma non si sentiva di fare altrimenti.

Fu in quel momento che la porta del suo studio si aprì e si presentò il capo con il suo viso freddo ed imperscrutabile.

«Buongiorno» disse lei accennando ad alzarsi in piedi.

«Avvocatessa» iniziò lui senza preamboli, con la determinazione di un ufficiale tedesco nella seconda guerra mondiale, «questo studio è considerato dalla comunità giuridica ed economica il migliore di Roma e quindi d'Italia. Per arrivare a questo risultato molte persone hanno versato sudore, lacrime e sangue. E la sfida che abbiamo di fronte è quella di mantenere questo primato. Non possiamo permetterci nessun errore».

Elisabetta annuì.

«L'affaire egiziano per noi era di vitale importanza. Lo avevo infatti affidato a lei e all'avvocatessa Pagani. Questi non sono dei novellini e hanno seguito passo dopo passo le nostre mosse. La sua scelta del foro egiziano è stata devastante».

«Ma non l'ho scelto io!» esclamò Elisabetta con tutte le sue energie, «io avevo proposto di fare un arbitrato internazionale!».

«L'avvocatessa Pagani mi ha raccontato che le cose sono andate in modo ben diverso».

Tutto il sangue che aveva si pressò in testa, ma non partorì neanche una parola.

«Avvocatessa, il cliente è talmente arrabbiato per questa scelta così affrettata che per non cambiare studio e per non rovinarci il nome sullo scenario internazionale mi ha chiesto la testa del responsabile».

«Mi dispiace per la Pagani, è stata una scelta sua, contro cui io mi sono opposta» disse pungente Elisabetta.

Quegli occhi di ghiaccio erano fissi sui suoi e le stavano entrando nelle profondità con la precisione del bisturi di un chirurgo.

«A me invece dispiace per lei. Sono qui per dirle che può considerarsi sollevata dai suoi incarichi sin da oggi. Se non sbaglio lei è originaria di Modena. Se vorrà le farò una lettera di encomio da presentare in un qualche studio della sua provincia».

«Ma questa è una ingiustizia!».

L'avvocato la squadrò da capo a piedi. Poi disse con immutata freddezza, subito prima di uscire:

«Lei capisce bene che io non posso privarmi della preziosa collaborazione dell'avvocatessa Pagani».

Elisabetta era una statua di sale. Era come se fosse morta ma la sua coscienza non si fosse ancora spenta e stesse assistendo alla decomposizione del corpo. Sapeva benissimo che veniva licenziata perché lei non aveva un padre onorevole, mentre la Pagani sì. Immaginò il suo ghigno malefico mentre si godeva la soddisfazione di averla fatta sbattere fuori dallo studio al posto suo. Sapeva di essere dalla parte della ragione. Sapeva che quella era una enorme ingiustizia. Ma sapeva anche che non poteva farci niente. Si sentì impotente, vedendo tutti i suoi migliori anni passati a scalare con sacrificio una montagna da cui ora veniva eruttata via. Game over, come se non avesse dedicato ogni goccia del suo sangue all'obiettivo di diventare qualcuno in quello studio.

Il sogno della sua vita si era appena infranto sugli scogli della casta.

«Ma non hai una storia un po' più adatta ad una bambina?», obiettò Sabrina, lasciando che si affacciasse la sua identità di madre.

Il barbone sorrise e guardò Lucia con occhi teneri. Poi disse:

«Ci sono molti bambini che vivono una vita che è peggiore di tante brutte storie. Lucia è stata fortunata a trovarsi una mamma che le vuole così bene».

La bambina non tolse i suoi occhi da quelli del barbone. Che continuò, spostando lo sguardo sulla mamma:

«Ma magari queste storie non le sto raccontando a lei. Le sto raccontando a te, Sabrina».

Quella misteriosa parte di sé che sentiva profonda dentro le ordinava di rimanere lì, di scoprire come quell'uomo sapesse il suo nome e perché le voleva raccontare queste storie.

«Vai avanti» gli disse allora facendo emergere queste parole dal suo profondo misterioso. Ed il barbone, come obbedendo ad un ordine, iniziò:

«C'era una volta...».

Se non fare niente fosse stata una disciplina olimpica sarebbe di certo arrivato quarto. Ma solo per non dover fare lo sforzo di salire sul podio. Antonio stava tornando a casa dopo una pizza fra ex compagni delle superiori. Un evento che spezzava lunghe giornate di divano da altre giornate di divano. Aveva speso 14 euro, che era molto più di quanto potesse permettersi.

Da quando era stato licenziato dall'azienda di e-commerce per cui lavorava svogliatamente a Palermo, aveva percepito un po' di disoccupazione, nella speranza di ritrovare nel frattempo uno straccio di lavoro, standosene nella sua Erice. Poi anche la cassa integrazione era finita e si ritrovava con 2 mila euro nel conto corrente, 30 anni sulle spalle, la stessa camera da letto in cui dormiva da quando era bambino a casa dei suoi e tanta rabbia dentro al corpo. Che però non riusciva neanche ad esprimere.

Lui sapeva di essere un ottimo programmatore, specializzato nelle tecnologie dell'e-commerce. E sapeva di poter guadagnare molti soldi, che per lui e per la sua autostima significavano tanto. Per molti mesi, violentando il suo desiderio di non fare nulla, aveva mandato il suo curriculum a tutte le aziende d'Italia. Nella migliore delle ipotesi riceveva una fredda risposta di rifiuto. Con il passare dei mesi aveva iniziato a stancarsi e gli invii si erano diradati. Nell'ultima settimana non aveva più cercato nessun lavoro. Invidiava un po' i suoi due fratelli, che vivevano uno a Milano l'altro a Roma, uno impiegato per una grossa azienda, l'altro poliziotto. Ma invidiava soprattutto suo cugino Marcello, che a Milano era riuscito a fare fortuna lavorando nella finanza. Si era staccato dallo scoglio e ora navigava in mare aperto. Era andato via da ragazzino, era riuscito ad inserirsi in quei giri che decidono i flussi finanziari e alla fine stava mettendo da parte un patrimonio. Per questo aveva nei suoi confronti un misto di ammirazione ed invidia. Anche lui voleva dimostrare al mondo di poter diventare ricco. Eppure non ci riusciva.

Invece stava imparando a vivere al risparmio. Succhiava tutto quello che poteva dai suoi genitori, ma il padre lavorava un piccolo pezzo di terra intorno a casa e la madre faceva la casalinga. E dalle rape il succo non si spreme. Per fargli fare qualcosa la madre lo aveva incaricato della spesa e lui sceglieva la scatoletta di tonno da 1,10 invece che quella da 1,40, aveva completamente eliminato dalla lista la carne, se non qualche raro petto di pollo ogni tanto, mangiavano solo spaghetti di bassa qualità e costo irrisorio, con il tonno o il pomodoro. Le verdure e le uova le metteva la produzione casalinga.

Non comprava vestiti da molto tempo. Aveva indosso un paio di scarpe oramai logore, dei jeans che avrebbero avuto bisogno di una bella stirata e una camicia sgualcita. Viveva nelle macerie di un benessere che ricordava con lancinante nostalgia, quando tutti i mesi gli arrivava sul conto corrente uno stipendio che per i suoi bisogni era anche troppo ricco.

Con il vuoto nella testa percorreva lentamente il tragitto che separava la pizzeriaccia da casa sua. La macchina ovviamente non poteva permettersela.

Tornò a casa quando i suoi genitori dormivano già. Antonio buttò il suo corpo grasso e svogliato sul divano ed accese come al solito la tv. I TG della notte gli facevano capire che un'altra sua giornata si era bruciata nell'attesa di qualcosa. Non sapeva cosa, ma qualunque cosa fosse non era arrivata. Cambiò canale e incappò nella replica di Ciao Darwin, un programma di Mediaset di metà anni 2000. C'era una ragazza prosperosa e mezza nuda che ballonzolava per uno studio televisivo inondando di femminilità lo schermo. Antonio guardava quella femmina con un certo disprezzo misto a frustrazione. Gli faceva venire il nervoso. Da quando era riuscito ad accettare dentro di sé che non gli piacevano le belle ragazze, ma i bei ragazzi, tutte le volte che vedeva una femmina sensuale si innervosiva. Perché una parte di lui avrebbe voluto essere come gli altri, avrebbe voluto essere ciò che i suoi genitori si aspettavano che fosse. Ma non c'era niente da fare: per quanto avesse lottato con se stesso come Ercole con il leone di Nemea, non riusciva ad ingannarsi e si ritrovava esplosioni nel corpo quando c'era odore di maschio e non di femmina. Ovviamente era sua scrupolosa cura fare sì che tutto questo non trapelasse in nessun modo. Non ne aveva parlato con i suoi, non ne aveva parlato con nessuno. Di tanto in tanto usciva con qualche ragazza per qualche settimana, per tenere lontani i sospetti. Ma le sceglieva sempre fra quelle più pudiche e cattoliche, per evitare di dover fare i conti con il contatto fisico.

La replica di Ciao Darwin proseguì, annoiando terribilmente Antonio e conducendolo alle pendici del sonno. Gli si chiusero gli occhi e gli si spalancò davanti una realtà in cui lui tutto elegante andava in giro a fare lo splendido per i locali di Milano, dopo essere diventato ricco e famoso grazie ad un reality show. Queste proiezioni dei suoi desideri nello schermo del dormiveglia lasciarono presto spazio al mare placido del sonno, in cui il suo inconscio buttò desideri e frustrazioni della sua vita. Fu lo squillo del telefono che aveva dietro alla testa a tagliare a metà un sogno in cui correva velocissimamente verso un castello, che però non si avvicinava mai, riportandolo bruscamente alla realtà. Allungò un braccio sopra la testa senza cambiare posizione e si portò la cornetta all'orecchio.

«Pronto».

«Buongiorno Antonio! Come va la sua splendida giornata?». Era una voce maschile molto pimpante.

Il ragazzo aprì gli occhi, cercando di rendersi conto che esisteva.

«Ma che ore sono? E tu chi sei?».

«Sono le 10.30 e la sto chiamando per un sondaggio molto importante».

Antonio fece passare qualche secondo prima di mettersi seduto. Appoggiò la cornetta, si passò i palmi delle mani sugli occhi, poi riprese la cornetta e rispose:

«Va bene».

«Benissimo Antonio, allora la domanda che vogliamo fare è semplicemente questa: vuoi cambiare la tua vita?».

Antonio, cercando di dare vita alla sua bocca ancora intorpidita per la notte, ancora sospeso fra le proiezioni oniriche dell'inconscio rispose senza esitazioni:

«Sì, certo».

«Bene Antonio, grazie per la risposta sincera, le auguro una splendida giornata ed una vita splendente».

Aveva già messo giù.

Antonio si rimise steso sul divano cercando una motivazione per alzarsi. In realtà si mise a pensare a quello che era appena successo. E qualcosa gli fece scattare nella mente un senso di sospetto. Sull'elenco il numero dei suoi genitori non c'era. Lui risultava residente in un casolare di campagna intestato a lui per fare un favore ad uno zio che non voleva pagare l'IMU seconda casa e quindi non era rintracciabile lì. Di amici che gli facessero scherzi non ne aveva. Come diamine faceva quel tizio sconosciuto a sapere che lui si chiamava Antonio?

Antonio aveva iniziato lentamente la sua ennesima giornata senza nome con un bel cannolo gentilmente offerto dalla madre, che glielo aveva fatto trovare sul tavolo della cucina insieme ad un cappuccino fatto in casa. Il tutto amabilmente condito con la sua frustrazione totalitaria e quel senso di vuoto inzuppato nell'angoscia.

Dopo aver nutrito il suo ventre rigonfio, senza neanche farsi una doccia si buttò una camicia a fiori sul suo corpo grasso e peloso, si mise le scarpe e il giacchetto logoro ed uscì. Incontrò, come tutte le mattine, Addolorata, la vicina di casa. Una donna di cui non conosceva in realtà molto, ma faceva in qualche modo parte del presepe della sua esistenza, un po' come la statuina di un pastore che è capitato lì per caso. Da quando era piccolo la vedeva, si salutavano e qualche volta la sentiva parlare con sua madre. Una familiare di paese.

«Buongiorno signora Addolorata» disse automaticamente come in un Truman Show passandole vicino nel vicolo. Non sentì la solita risposta stanca della signora che ricambiava per una cortesia conficcata nella banalità sociale, ma percepì un mugugno.

«Donne» pensò lui non troppo sorpreso.

Si consolò gettando lo sguardo in basso, nel mare lontano.

Fece pochi passi fra quelle case arabe che raccontavano un passato così distante in termini storici, ma così vicino in termini geografici e a poca distanza incrociò il farmacista, che camminava a passo spedito nella sua direzione. Gli fece un sorriso, che non fu ricambiato. Iniziò a risvegliare la sua indolenza per dedicare qualche neurone a capire cosa stesse succedendo. Provò a toccarsi la faccia. Aveva la barba lunga ed era trasandato, ma non più del solito. Anzi, certe mattine si era presentato in paese messo decisamente peggio. Che aveva fatto per meritarsi quel comportamento?

Pensò se per caso aveva fatto qualcosa di male, ma non gli venne in mente niente. Neanche fosse uno di quelli che andavano in farmacia a comprare i preservativi e che poi il farmacista bollava, parlando con tutti, come «viziosi».

Che forse qualcuno gli avesse detto che non gli piacevano le femmine? Un sudorino freddo si impadronì della sua fronte e si irrigidì. Il suo segreto era stato svelato? Arrivò in piazza già un po' inquieto e si sentì subito osservato. Si guardò intorno e si accorse subito che i personaggi di quella commedia cittadina erano tutti girati verso di lui, che sembrava essere diventato il protagonista. Vide occhi accusatori e sguardi arcigni che gli lanciavano frecce. Si sentì al centro dell'attenzione. E lui, che voleva solo la quiete del dietro le quinte per poter conservare tranquillo il suo segreto, si sentì decisamente a disagio.

«Vergogna» mugugnò fra i denti un vecchio dopo averlo visto. Subito dopo passò un giovane che aveva visto mille volte e gli sputò vicino ai piedi. Antonio rimase sbalordito. La sua placida cittadina, il suo nido placido, aveva di botto tirato fuori spine pungenti come spilli.

E fu lì, nel bel mezzo di quella strana ed inaspettata situazione, che si ritrovò fra le gambe un cane. Un bel bastardino col pelo corto e il colore dell'erba secca. Aveva due occhioni dolci che incrociarono subito i suoi. Si piegò sulle ginocchia e si fermò ad accarezzarlo. Non riuscì a farne a meno. Era pulito e profumato e si sentì come assorbito da lui mentre lo accarezzava. Fu guardando il mondo da quella prospettiva che vide la locandina dei giornali locali.

«Trovato mostro pedofilo a Erice».

Quei pochi neuroni che aveva attivato chiamarono a rinforzo qualche altra risorsa cerebrale e pensò subito di aver capito: il problema non era lui, il suo segreto non era stato svelato. Probabilmente il problema era qualcuno della sua famiglia e quindi tutto il paese gli si era rivoltato contro.

Si fece strada fra l'adipe del suo corpo un senso di sollievo per non essere stato smascherato, che però fece subito spazio ad un altro senso di angoscia misto a paura per la persona a lui vicina che era finita così in basso. Si alzò faticosamente dalla posizione in cui si era accovacciato per accarezzare il cagnolino e si diresse spedito verso l'edicola. L'edicolante, da cui era abituato ad andare a comprare fumetti e qualche rivista, quando se lo trovò di fronte sbiancò.

«Mi dai la voce di Sicilia?» chiese Antonio.

Quello quasi tremante ne prese una copia e afferrò l'euro che il ragazzo gli diede. Antonio aprì il giornale e gli ci vollero davvero pochi istanti per bloccarsi completamente annullato. Tutto il mondo iniziò a ruotargli intorno, vide tutte le sue certezze liquefarsi come gelato al sole d'agosto, sentì tutti i suoi punti di appiglio cedere contemporaneamente e lasciarlo precipitare dentro un abisso senza fondo. Aveva appena scoperto sul giornale chi fosse questo mostro pedofilo sul quale la magistratura aveva avviato delle indagini. Era lui. E il mondo per Antonio sembrò finire lì.

«Mammina che cos'è un mostro pedofilo? È tipo un vampiro?».

«No tesoro, molto peggio, è una persona davvero cattiva».

La bambina continuò a tenerle puntata addosso i fari dei suoi occhi curiosi, ma non arrivarono altri dettagli.

«Certo che racconti storie un po' forti» commentò Sabrina.

«Devo continuare?» chiese il barbone guardando la giovane mammina.

«Certo» rispose lei mostrando curiosità e interesse. Non le sembrava vero di sentire una storia che non avesse come personaggi quelli di Beautiful.

«Ma ci sono alcune cose che la bambina...».

«Oh, lo hai detto anche tu prima, anche lei vede la televisione» rispose scuotendo le mani.

Il barbone si piegò, prese in braccio per un attimo Rolf, gli diede come un bacio e lo rimise a terra.

«Su, Rolf, corri. Lucia, vai con lui, ti farà vedere quell'angolo laggiù. Ma resta qui intorno così tua madre ti può vedere».

La bambina guardò Sabrina, che si sentì tranquilla nel dirle:

«Vai, tesoro».

Quando la bambina e il cane si furono allontanati abbastanza da tenere le orecchie lontane, il barbone guardò Sabrina dritto negli occhi e disse:

«È meglio che le sue orecchie innocenti non sentano la storia che sto per raccontarti».

«Perché, è particolarmente spinta? O è horror?».

Il barbone ridacchiò.

«Sì, è un po' spinta. Ma è anche troppo vera. C'era una volta...».

Giovanni si alzò presto per i suoi standard. Appena si rese conto che esisteva guardò il cellulare con il primo occhio che si era aperto e controllò l'ora. Erano solo le 11.47, lì nella sfavillante riviera romagnola. Poteva permettersi di stare nel letto ancora un po'. Si girò e solo allora si rese conto che a fianco a lui c'era una brasiliana che si era fermata dalla cena della sera prima. Si appoggiò su un gomito e si mise a rimirarle la fine della schiena. Di glutei femminili ne aveva avuti per le mani decisamente tanti. Anzi. Giovanni aveva una vera cultura in materia, quasi come un macellaio la ha in fatto di bovini. Dopo anni di osservazione e di esperimenti sul campo a Rimini, riusciva a descrivere i dettagli anatomici, prossemici e cinestesici del sedere di una donna solo guardandola in faccia. Ma quello su cui era concentrato ora li superava tutti. Il sedere di Giseli de Oliveira aveva una perfezione che solo il Brasile poteva partorire. Era rotondo e sporgente, senza per nulla apparire grasso, come solo le nere riescono ad avere. Duro e sodo come marmo, ricoperto da una pelle liscia e vellutata che doveva essere retaggio di sangue indio. Ma era bianco.

Giovanni aveva elaborato molte teorie sul perché in Brasile ci sia una tipologia di sedere che si trova solo lì. La prima, che peraltro è particolarmente diffusa, è che quel tipo di glutei derivano dal mix del sangue portoghese con quello indio e africano. Ma la teoria non regge, perché se prendi una coppia di italiani, o di qualunque altra schiatta europea e li fai trasferire in Brasile se avranno una figlia avrà quel sedere. Lo sapeva da una osservazione empirica dettagliata.

Allora aveva elaborato un'altra ipotesi, basata sull'alimentazione del luogo, che è molto proteica – carne e fagioli – unita alla frutta, che porterebbe a quel risultato. Ma allora perché le brasiliane mantengono quel sedere anche quando si trasferiscono in Europa ed iniziano a mangiare altro?

Alla fine aveva capito qual era la verità: il samba. Quel magico movimento che le donne iniziano a fare sin dall'asilo forgia i loro muscoli in quel modo inconfondibile, a qualunque razza appartengano e qualunque cosa mangino. Poi se hanno sangue nero e indio e mangiano proteine meglio ancora, ma il fattore decisivo rimaneva il samba.

Pensava a tutte queste cose steso sul letto ed appoggiato sulle braccia mentre teneva gli occhi fissi su quei glutei che aveva conquistato e che ora se ne stavano lì immobili. Che peccato non poter fare un bis mattutino. Doveva farla sloggiare al più presto. Di lì ad un'ora si sarebbe presentata una venezuelana che gli aveva passato uno dei suoi soci estivi, Marcello. Loro due facevano come con le figurine: se le scambiavano. Una volta addirittura avevano fatto una scommessa su chi si sarebbe preso una turista completamente matta, una vera psicotica, ma bella, che avevano adocchiato in spiaggia. Alla fine aveva vinto Giovanni.

Con la venezuelana che gli aveva passato il suo socio si era visto qualche volta ed era meglio evitare le solite situazioni imbarazzanti. Si alzò in piedi ed accese lo stereo. Aprì con il telecomando la tendina del lucernaio e lasciò che la potente luce del sole romagnolo entrasse nel suo scannatoio.

Alzò ancora un po' la musica, finché non vide il corpo della brasiliana muoversi. La vide sinuosa nel letto, nuda sotto le lenzuola, ma non la desiderava più come la sera prima. È sempre così: il vero scalatore una volta raggiunta una vetta non ha tempo di fermarsi a raccogliere le stelle alpine e riparte alla ricerca di una nuova montagna da scalare.

«Giseli!» disse a mezza voce vedendo che non si muoveva più, «si è fatta una certa, vuoi fare colazione?».

Quella da sotto le coperte bofonchiò con il suo accento misto di italiano e portoghese:

«Più tardi amore mio».

«Sul tavolo c'è un po' di frutta, io inizio a prepararmi».

Nell'aria si diffondevano le note di un cd di Katy Perry mentre Giovanni un po' scocciato per la presenza di Giseli, continuava a prepararsi.

Si ripresentò al letto vestito di tutto punto con il suo stile terrone-trendy, un po' tendente al sapore da tronista di Uomini e Donne e la ragazza era ancora nella stessa posizione.

«Ti chiamo un taxi?».

Lei bofonchiò qualcosa di incomprensibile. Lui si sedette gentilmente sul letto. Al che lei si mosse e fece per prendergli la mano. Che lui ritrasse quasi inorridito.

«Ciccia, it's time to go».

E con una pacca sulla chiappa sapientemente dosata riuscì a suscitare in lei quella dose di rabbia sufficiente a farla svegliare. La ragazza esplose in un fiume di parole a metà fra l'italiano e la sua lingua, con cui se la prendeva rabbiosamente con lui. L'obiettivo prefissato di farla schiodare era stato raggiunto. La ragazza con lo sguardo rabbuiato si buttò addosso i suoi vestitini sexy ed iniziò a sbraitare con il suo accento brasiliano:

«Sei come tutti gli altri! Ti interessa solo di andare a letto! E io che pensavo eri diverso!».

Le orecchie di Giovanni avevano sentito talmente tante volte quelle parole modulate in tutte le lingue e in tutti gli accenti che il suo cervello aveva smesso di processarle.

Seguirono una fila di insulti bilingui che tiravano in ballo madri, padri, zii, nonni e bisnonni, poi la ragazza se ne andò sbattendo la porta. Esattamente come l'ultima volta.

Sarebbero seguiti una serie di giorni di silenzio, poi, se non avesse trovato un altro montone da portare al pascolo, sarebbe stata lei a riscrivergli un messaggino triste. E di lì si sarebbero riaperte le porte verso quel paradiso callipigio.

Giovanni iniziò a rifare il letto, cercò eventuali pericolosi resti, quegli oggetti che le donne seminano sempre in giro, dall'orecchino caduto durante una prima effusione a quegli incomprensibili set di spille, spillette, forcine e altre cose del genere che solo loro sanno a cosa servono. A parte un paio di piccoli incomprensibili oggetti di metallo non trovò niente. Poi si alzò, aprì l'armadio e lì trovò la sorpresa: una giacchetta non identificata. Come sempre succedeva quando si portava a casa una donna per più di una volta, poi si ritrovava sempre un qualche oggetto smarrito. Aveva capito il giochetto anni prima: era una sorta di meccanismo per segnare il territorio. Si vede che una donna quando lascia qualcosa a casa dell'uomo pensa di aver lasciato un pezzetto di sé.

Gli avevano lasciato negli anni di tutto: dentifrici, spazzolini, vestiti, scarpe, foulard, orecchini... E tutti avevano lo stesso scopo: fare da grimaldelli nella sua vita, cercare di aprire uno spiraglio nella sua intimità casalinga, segnare un primissimo passo di un cammino che più o meno lentamente porta alla condivisione dello stesso tetto. Il suo.

Giovanni sorrise, prese la giacchetta dalla gruccia, richiuse l'armadio ed aprì una specie di baule che teneva sotto il letto. Era pieno di oggetti di ogni tipo. Quello era il forziere dei sogni infranti, la scatola dove teneva gli oggetti smarriti dalle amanti ed era lì che doveva finire la giacca di Giseli.

Aprì la finestra ed iniziò la depurazione dal profumo femminile. Poi si stese sul letto ed iniziò a leggere svogliatamente una vecchia copia di Playboy Italia. I suoi occhi erano posati sulle coppe straripanti di Melita Toniolo in una foto nella sua rivista. Quella celestiale visione fu interrotta da un rumore del cellulare. Era una richiesta di amicizia su facebook. Alejandra Balestrieri, 24 anni, di Rimini. Single. Richiesta di amicizia accettata. Pochi minuti e il cellulare rumoreggia di nuovo. Un messaggio di facebook. Questa Alejandra.

«Ciao Giovanni, grazie per aver accettato la mia amicizia!!! Sai ti ho visto qualche volta in giro per i locali, sei molto carino...».

Fatta. Oramai non doveva neanche più sforzarsi per cacciare le prede, che in epoca di social network arrivano direttamente nelle fauci del leone.

«Ciao Alejandra, grazie. Anche tu dalle foto direi che non scherzi. Che fai di bello?».

Giovanni già pregustava di metterci le mani sopra.

«Grazie Giovanni. Volevo però capire se sei solo bello o sei anche interessante prima di uscire con te».

«Va bene. Cosa posso fare per te?».

«Voglio capirti di più. Ti piace la tua vita?».

«Certo».

«Non hai troppe donne?».

«Oh beh…» momento di imbarazzo. «Che ne sai?».

«Dai Giovanni, lo sanno tutti. Sei l'unico a non sapere che cambi una donna al giorno?».

«Beh ma che c'entra, non ho ancora trovato l'amore…».

«E lo vorresti trovare?».

«Beh certo. Chi non vorrebbe».

«E lo sai che per trovarlo devi cambiare il tuo modo di vivere?».

«Sei una peperina eh…».

«Vuoi continuare a scoparti donne a caso, o vuoi veramente trovare l'amore? Giovanni, vuoi cambiare la tua vita?».

Giovanni fece attendere qualche secondo più del solito prima di digitare la sua risposta.

«Sì. Voglio cambiare».

Si aspettava una risposta. Ma sapeva bene che nove volte su dieci se non c'è un punto interrogativo le donne non rispondono. Allora aggiunse:

«Ora posso uscire con te?».

Ma dall'altra parte non arrivò nulla. Nell'attesa provò a tornare sul profilo di Alejandra per vedere qualche altra sua foto sexy che gli mettesse dentro la voglia di continuare a star lì a chattare. Ma con sua sorpresa scoprì che il profilo era stato rimosso. Non era più fra i suoi amici. Uscì e rientrò con un altro profilo e cercò Alejandra Balestrieri. Ma non esisteva.

Si sarebbe messo a pensare a chi poteva avergli fatto quello scherzo se non avesse squillato il campanello. Era la venezuelana.

Che dura che è la vita del playboy…

Giovanni non fece in tempo ad aprire la porta e a far entrare quell'ammasso di carne, silicone ed estrogeni che la ragazza venezuelana gli si era già attaccata alle labbra.

«Aspetta», disse Giovanni dopo un primo bacio, «fatti vedere in tutto il tuo splendore».

La ragazza fece un passo indietro con il sorriso sulle sue labbra carnose e si mostrò. Vagamente mulatta, pelle dorata, capelli lisci neri lunghi quanto la schiena. Aveva una minigonna che copriva appena quelle gambe tornite e abbronzate, sopra le quali c'erano i glutei più scolpiti che Giovanni avesse mai avuto fra i palmi delle mani. Aveva il seno rifatto. Benissimo. E quel suo vestitino non ne nascondeva granché.

«Regalami il più bel pomeriggio della mia vita» le disse con sguardo ormonale Giovanni.

La ragazza si fece un po' scura in viso.

«Giovanni, noi usciamo da tanto. È ora che ci fidanziamo» disse subito la ragazza con la semplicità del Sud America.

Bom. Una ennesima tegola pesantissima era cascata sulla testa di Giovanni.

«Ma non sei fidanzata con un tizio di Milano? Io non sono solo il tuo amante?».

«Lo ho lasciato».

Un disastro. Si era rotto quel sottile equilibrio che regge il rapporto di due amanti stabili.

«Tesoro, lo sai» disse cercando con un sorriso una scappatoia, «non mi fidanzerei mai con una donna che viene a letto con uno come me».

La ragazza si rabbuiò. Ma fu solo per un secondo, tanto breve da poter essere solo un'illusione, perché in un attimo lo splendore del Sud America tornò a illuminare il suo viso in un sorriso.

«Vieni Giovanni, oggi facciamo qualcosa di diverso».

Lo sguardo intrigante della ragazza mise tutto il corpo del ragazzo in una piacevole agitazione. Si ritrovarono nella camera da letto. La ragazza, con fare esperto, condusse il bel romagnolo sopra il letto. C'era una spalliera dietro alla testa. La ragazza tirò fuori da sotto il vestitino un laccio di gomma e delicatamente, sorridendo, iniziò a legare un braccio di Giovanni alla spalliera.

«Tesoro, cosa mi vuoi fare?».

La ragazza mostrò tutti i denti in un sorriso di dolcezza e malizia insieme. E continuò il suo lavoro legando anche l'altro braccio ben stretto alla spalliera. Poi tolse i pantaloni del ragazzo, lasciandolo in mutande. E tolse anche quelle. Tirò fuori un altro laccio e legò strettissime le gambe fra loro. Giovanni muovendo la testa si vide bloccato ed in balìa di quella donna. La guardò in faccia. E si accorse che di botto quel bel sorriso splendente aveva lasciato spazio ad una espressione cupa e torva.

«Tesoro, non esagerare, non sono abituato a certe pratiche» disse Giovanni nascondendo la crescente paura.

La ragazza fece un ghigno, con fare da padrona distolse lo sguardo da lui ed uscì dalla stanza.

«Tesoro!» chiamò Giovanni pieno di paura nel corpo. Perché era andata di là? Cosa era andata a prendere? Sentì dei rumori, si aprivano i cassetti della cucina. Forse era solo una ladra? In quel momento, legato come un salame, lo sperava con tutto se stesso.

Sentì ancora dei rumori di là. Provò a divincolarsi ma scoprì quanto quella venezuelana fosse brava a fare i nodi. Provò anche a saltare con le gambe legate, ma si rese conto che non si sarebbe liberato.

«Ehi» cinguettò con una voce flebile e spezzata.

Si mosse qualcosa ed una presenza entrò nella sua stanza.

«Ciao Giovanni».

Era un uomo. Entrando gli fece arrivare alle narici un fetido odore misto di banana marcia e spazzatura. Il ragazzo trasalì e chiese di botto, gettando in quella domanda tutta la sua paura:

«Chi sei?».

L'uomo, che aveva una folta barba sporca che gli avvolgeva la faccia, rispose con un sorriso nascosto fra la peluria, dicendo:

«Tu chiedi a me chi sono io? Ma quante volte ti sei chiesto chi sei tu?».

Prima che Giovanni potesse attivare un qualche circuito cerebrale per decodificare quella domanda, i suoi sensi percepirono qualcosa che scosse tutto il suo corpo. Il barbone aveva tirato fuori dai suoi stracci un lungo coltello da cucina, con la lama affilatissima ed il manico di legno.

Era il suo coltello. Quello con cui tagliava il prosciutto a fette. Solo vedendolo se lo sentì penetrare nelle carni e sentì un brivido lungo tutta la schiena.

«Vedi, Giovanni» iniziò il barbone con una calma inquietante, «a volte ci sentiamo immortali, onnipotenti, crediamo che tutto il mondo ci ruoti intorno, siamo convinti che ogni persona che incontriamo ci debba qualcosa».

Fece una lunga pausa giochicchiando con il lungo coltello e guardando il ragazzo dritto negli occhi. Poi riprese di botto:

«Poi basta un piccolo intoppo, un piccolo imprevisto, una minima mutilazione e tutto il mondo ci crolla addosso. Come sarebbe la tua vita senza un pezzetto di te?».

«Ti prego, cosa vuoi, dimmi cosa devo fare».

Il barbone ridacchiò bofonchiando:

«Tu non devi fare niente. Mi pare che la tua libertà tu l'abbia usata sin troppo. Ora solo io ho libertà di azione su di te».

Avvicinò la mano senza coltello ad una sua gamba.

«Vedi, Giovanni, nella storia dell'essere umano sono stati sperimentati tanti tipi diversi di mutilazioni. Banalmente mani, piedi, gambe e braccia sono quelle che sono state asportate più facilmente. Anche se con dolori atroci, perché segare via un arto è una operazione complicata. Serve una sega che tagli tutto: carne, muscoli, tendini, ossa. Poi spruzza talmente tanto sangue che basta tagliare all'altezza sbagliata che il malcapitato ti muore dissanguato. E poi c'è il problema della cauterizzazione: se non vuoi che muoia subito devi bruciargli la carne».

«No, ti prego» implorò Giovanni con gli occhi che si gonfiavano di lacrime.

«Usi la strategia della pena per salvarti? Fingi di essere un bambino perché io non faccia strazio del tuo corpo?».

Il barbone scosse la testa. Ed aggiunse, camminando intorno al letto: «E secondo te posso riuscire a mutilarti una gamba con un coltello da cucina? Come siamo distratti quando emozioni troppo forti conquistano il nostro corpo. Con un coltello come questo potrei al massimo tagliarti via tutte le dita, una ad una, per esempio. Un buon modo è scarnificarle, praticando una incisione profonda nel polpastrello e poi strappare via dai lati la carne, lasciando solo l'osso, che poi viene via anche solo tirando forte».

«Perché? Perché? Se non dovevo toccare quella donna ti chiedo perdono. Pietà».

«Quella donna? E tutte le altre invece andavano bene? Le hai trattate bene?».

«Dimmi chi era la tua donna, dimmi cosa ho fatto e rimedierò».

«Rimedierai? Non credo tu sia nelle condizioni di farlo».

Gli occhi del barbone penetrarono quelli di Giovanni come una lama affilata.

«Ma io...».

«Tu niente. Hai combinato disastri in tutta la città, per tutto il mondo. Per cui vengo in veste di salvatore, per fare in modo che tu sia consapevole che quando diventiamo schiavi di noi stessi facciamo male agli altri».

Il barbone fissò il membro del ragazzo, sollevò il coltello e mentre Giovanni iniziava a gridare e a chiedere aiuto, quella lama si avvicinò al suo corpo.

Lucia tornò con un tempismo perfetto insieme a Rolf.

«Mamma, mamma, sai che abbiamo trovato una lucertola?».

Ma Sabrina non aveva orecchie per sua figlia ora.

«Sei tu il barbone della storia vero?» chiese seccamente all'uomo, che fece uno strano sorriso.

«Sabrina, hai capito la morale di queste storie?».

La ragazza ebbe un brivido.

«C'era una morale?».

«Eccome. E se non l'hai capita ti aiuto io. Ci sono alcune cose a cui noi ci attacchiamo con tutto il nostro ego, cose che ci portano a diventare degli annoiati, dei falliti, degli ansiosi, dei superficiali. Cose che ci fanno vivere una vita che crediamo reale, ma che in realtà è più finta di una fiction su RAI 1. Se Edoardo non avesse avuto il padre chioccia probabilmente avrebbe dovuto elaborare delle strategie di sopravvivenza nel mondo e non avrebbe avuto il tempo di annoiarsi. Se Antonio non avesse avuto il contesto del paesino sicuro, con tutto l'apparato di significati che questo comportava nella sua testa, si sarebbe dato il permesso di creare una strategia di allontanamento ed avrebbe combinato qualcosa nella vita. Se Elisabetta non avesse avuto quel lavoro probabilmente non sarebbe andata ad infilarsi nella vita infernale che si era costruita. E se Giovanni non avesse avuto…».

Il barbone fece un sorriso dolorosamente malizioso e si interruppe.

«Crediamo di poterci salvare dalla caduta nel vuoto che è la vita aggrappandoci a qualcosa, senza renderci conto che anche ciò a cui siamo aggrappati sta precipitando con noi. Poi la vita, o qualche persona che la incarna, arriva e ci strappa le nostre certezze. E noi torniamo a percepire che stiamo cadendo verso il vuoto. Verso quel vuoto di cui siamo impastati nei nostri atomi ed in cui finiremo per implodere».

Il barbone ebbe un tic improvviso che gli fece sollevare una spalla verso il mento. Sabrina saltò per la paura. Ma lui come se nulla fosse continuò imperterrito, fissando con occhi da pazzo quelli di Sabrina:

«Ci illudiamo, creiamo idoli, continui idoli che crediamo ci possano salvare da noi stessi e non ci accorgiamo che è tutta una illusione». Il tono della sua voce era crescente: «Tutta una illusione Sabrina, lo capisci? Dobbiamo liberarci per scoprire la verità, dobbiamo perdere gli appigli per scoprire cosa c'è in fondo, dobbiamo perdere ciò che abbiamo per avere ciò che ci spetta! Lo capisci? Per poter vincere dobbiamo perdere!».

Urlava come un matto. Sabrina era bloccata dalla paura. Il barbone afferrò con poco garbo il cane ed iniziò ad accarezzarlo nervosamente fissando il vuoto. In pochi secondi i suoi movimenti si fecero più fluidi.

Dopo qualche secondo di silenzio intriso di ogni emozione sconnessa infilò i suoi occhi dentro quelli di Sabrina e le chiese con una voce calma come un'acqua cheta:

«E tu, Sabrina, sei pronta a perdere ciò che di più caro hai? Sabrina, vuoi cambiare la tua vita?».

Si girò e fissò la bambina, che stava ferma a guardare con i suoi occhioni innocenti.

PARTE II

IN MEDIAS RES

ANTONIO

Antonio era chiuso in casa. Quasi come se quei quattro muri potessero realmente separarlo dal mondo che lo circondava. Una fitta coltre di odio lo aveva assediato, abbracciato, stretto e soffocato. Un attimo era un comune ed accettato cittadino del piccolo paese, l'attimo dopo era il mostro che violentava i bambini. Il paese ci aveva messo pochi secondi a condannarlo. D'altra parte a lui piacevano gli uomini, qualcuno doveva essersene accorto e un pervertito è un pervertito agli occhi semplici dell'uomo e della donna di paese. Poco importava che il magistrato lo avesse sentito ed avesse chiesto subito l'archiviazione, immediatamente accolta. Quello dei media è un marchio di fuoco, che non si cura con il blando unguento della smentita.

Antonio non usciva più di casa. Non che prima lo facesse un granché, ma dopo i fatti le settimane erano scivolate via senza che i suoi occhi vedessero la luce del sole. Aveva fatto una overdose di divano e di programmi tv. Ma visto che il presente gli era così doloroso, si era rifugiato nelle repliche di trasmissioni degli anni '90 e si era destreggiato fra Fiorello con il codino, Maurizio Costanzo e i suoi bestiari ed una televisione che non aveva ancora aperto al mondo i propri backstage.

Si alzò dal divano e andò in bagno. Uno stanzino disordinato e piccolissimo che aveva però un piccolo specchio sopra al lavandino. Si guardò in faccia. Vide gli occhi cerchiati e spenti, la barba non fatta, i capelli spettinati, un rimasuglio di tonno fra i peli del mento. Quello era lui. Solo come un cane, sporco, brutto e svuotato. Si sistemò svogliatamente quei capelli neri e arricciati, si sciacquò la faccia. Guardò ancora nello specchio. Non era cambiato niente. Sempre due occhi vuoti e spenti che guardavano due occhi vuoti e spenti.

Il mostro che gli era cresciuto dentro si era manifestato pian piano. Nel momento in cui si era ritrovato sulle pagine dei giornali aveva sentito una specie di angoscia mista a paura. La sentiva nel corpo, era una percezione fisica che lo aveva attivato per reagire sul momento.

Quando si era rinchiuso nella sua tana nel tentativo di guarire, quella sensazione aveva invece iniziato a sentirla crescere dentro, come un bubbone pulsante che si gonfia pian piano assorbendo ad ogni istante sangue vitale.

E così si era ritrovato dentro il mostro.

Un enorme vuoto che lo stava divorando da dentro, lasciando di lui solo un involucro che conteneva un enorme niente. E dentro quel nulla anche la sua coscienza stava sprofondando come un corpo nelle sabbie mobili. Gli stimoli esterni gli erano sempre più indifferenti, li percepiva ogni giorno più ovattati, più lontani, più estranei da lui. I suoi genitori non erano in grado di gestire una situazione del genere e lui stesso se ne era accorto in poco tempo. Sua madre lo aveva riempito di baci e di abbracci da subito, anche quando poteva ancora essere colpevole. Suo padre era stato zitto fino all'archiviazione, quando gli disse:

«un vero uomo deve affrontare la sofferenza in silenzio».

Dopodiché a parte qualche abbraccio materno che si rarefaceva ogni giorno, insieme al solito vitto e alloggio, non gli avevano dato più nulla. Così Antonio passava le giornate stravaccato sul divano a navigare nel suo sterminato vuoto. Era in un qualche punto indistinto di questa navigazione quando squillò il telefono di casa. Uno squillo. Due squilli. Tre squilli. Al quarto squillo trovò un briciolo di energia per girare la testa ed allungare un braccio

«Pronto».

«Signor Antonio buon pomeriggio!».

Una voce squillante di giovane uomo si insinuò nelle sue orecchie.

«Qui è l'Agape Coaching. La chiamiamo perché è stato sorteggiato per uno dei nostri corsi di crescita personale. Le diamo l'opportunità di dedicare un po' di tempo a se stesso, al suo benessere emotivo, alla sistemazione della sua mente. E se questa non fosse già una buona notizia per lei, gliene do un'altra: non solo è tutto gratis, ma il pacchetto comprende anche tutte le spese di spostamento, più eventuale vitto e alloggio. Tutto a nostro carico».

Antonio non aveva abbastanza neuroni attivi per decodificare tutti quei concetti e tutti insieme. E soprattutto non aveva abbastanza energie per prendere una decisione.

«C'è un'unica condizione. Deve partire subito. Se accetta la veniamo a prendere fra poche ore».

Un'ulteriore complicazione che stava attirando la sua volontà verso un naturale «no grazie». Invece qualcosa si accese dentro di lui, qualcosa con cui non aveva frequentazione da molto tempo. E senza che neppure se ne rendesse realmente conto, dalle sue labbra uscì un:

«Va bene. Accetto».

Si meravigliò profondamente di sé per quelle parole ed una scarica di energia pervase il suo corpo vuoto e stanco.

«Benissimo signor Antonio. Se mi dà un indirizzo email le invio il sito della nostra associazione, così potrà fare le verifiche del caso. Si prepari e stia pronto, una macchina la raggiungerà al più presto».

Antonio mise giù. Poteva essere uno scherzo, poteva essere una truffa. Ne era consapevole, ma non gli importava un granché. Non aveva neppure chiesto dove sarebbe andato, né quanto sarebbe stato via. Non gli interessava. Gli interessava solo poter cambiare, poter uscire da quell'inferno di vuoto in cui era sprofondato. E non era riuscito a dire di no all'occasione che la vita gli metteva davanti.

Si mise a sedere sul divano. E sentì come se la vita avesse ripreso a circolargli nelle vene.

SABRINA

Sabrina correva come una matta. Aveva in braccio la sua dolce e piccola Lucia. Nessuno la stava inseguendo, non era in ritardo, anzi, di solito stava al parco ancora un paio d'ore e non c'era un motivo apparente per quella velocità. Eppure lei correva con tutta l'energia che aveva in corpo. Voleva allontanarsi il prima possibile da quel barbone. Le aveva detto parole che l'avevano sconvolta, scossa dentro, rimestata nelle sue certezze. Quel barbone aveva aperto delle porte dentro di lei che per tutta la vita aveva fatto di tutto per tenere chiuse. E aveva posato quel suo sguardo folle sulla sua bambina, la sua gioia, il suo unico vero bene. Quell'uomo aveva qualcosa che l'aveva terrorizzata nell'intimo.

Appena le aveva chiesto se volesse cambiare e perdere il suo bene, Sabrina aveva risposto con un sonoro «no!» e si era precipitata a prendere in braccio Lucia e a stringerla a sé. Il barbone udendo quelle due lettere era tornato a guardarla con occhi normali ed aveva commentato:

«Molto bene, è la tua scelta. Non vuoi cambiare. Prendi però questo».

E infilando una mano in una qualche tasca del suo vestito aveva tirato fuori un portagioie e lo aveva offerto a Sabrina. Lei l'aveva afferrato velocemente, con addosso tutta la paura che il suo corpo poteva produrre. E senza aggiungere neanche un verso aveva iniziato ad allontanarsi a passo spedito. Dopo pochi metri si era ritrovata a correre. Voleva richiudere subito quello squarcio che si era aperto nella sua vita. Per cui correva, correva lontano, senza neanche sapere dove.

Dopo poco si rese conto che i circuiti della sua routine l'avevano portata esattamente sulla strada che percorreva ogni giorno, a poche centinaia di metri da casa. L'aria familiare la tranquillizzò un po'. Era ritornata nella sua zona di comodo, lì dove sapeva esattamente cosa fare e come farlo. Rallentò il passo e si accorse di essere stanca. Si fermò. Guardandosi intorno non vide nulla che non fosse esattamente come doveva essere. Si girò. Il barbone non l'aveva seguita. E neppure il suo cane. Pensandoci non lo aveva fatto di certo. Solo allora si accorse che Lucia stava piangendo.

«Che hai tesoro?».

«Mamma mi hai spaventata con tutta questa corsa».

Sabrina le accarezzò la testa dolcemente. Ma nel farlo si accorse che una sua mano stringeva scomodamente l'oggetto che le aveva dato il barbone.

Appoggiò la bambina per terra e si mise a guardarlo. Era un bell'oggetto. Una scatolina bianca con il basamento e il coperchio più grandi della parte centrale. Sul coperchio c'era un disegnino, un pesce rosso stilizzato sormontato da un arco turchese. Perché glielo aveva dato? E cosa conteneva? Provò ad aprirlo. Sembrava tutto saldato e non vedeva spiragli per scardinare il coperchio. Provo a spingere, tirare, farlo ruotare, smuoverlo. Nessun segnale di movimento. Si capiva che dentro era vuoto e scuotendolo sembrava non contenesse niente. Stava per lasciar perdere quando con un velocissimo clic ed uno strano suono, che sembrava il cinguettio di un uccello, senza che lei avesse fatto niente, il coperchio si sollevò e si ritrovò il portagioie aperto. Ci mise subito gli occhi dentro e l'unica cosa che ci trovò fu il fondo del contenitore, su cui trovò come incisa una frase:

«Se non sei tu a cambiare la tua vita sarà lei a cambiare te».

Sabrina pensò subito che come trovata del barbone per farla ritornare indietro era molto debole. Ma passò forse neanche un minuto e il portagioie si richiuse con uno scatto identico a quello con cui si era aperto. Poco male, pensò, torniamo a casa.

Prese Lucia per mano, cercando di farla smettere di piangere con qualche parola dolce e si ritrovò davanti a casa. Come aveva fatto migliaia di volte aveva aperto la porta ed era entrata. Il marito era un grosso broker e a quell'ora era in ufficio a lavorare. In casa non c'era nessuno. Eppure sentì un rumore al piano di sopra.

«Il barbone» pensò subito.

Corse in cucina e prese un lungo coltello, poi fece per salire le scale. Ma il pensiero di Lucia la bloccò: non voleva lasciarla sola. Per cui senza dire niente la prese e la mise in uno sgabuzzino, dicendole con apprensione:

«Tesoro non fare nessun rumore».

E chiuse a chiave.

Poi corse su per le scale con il coltello in mano in grande velocità e si accorse subito che altri piccoli rumori venivano dalla camera da letto. Spalancò la porta e la scena che vide le rimase intarsiata nella retina: suo marito, nel loro letto disfatto. Una donna seminuda che cercava di uscire dalla finestra.

Il mondo che aveva conosciuto sin lì era giunto al capolinea, la Sabrina che era riuscita a navigare in acque tranquille sino a quel momento era appena sprofondata in un gorgo profondo. In un solo attimo la vita l'aveva cambiata.

EDOARDO

A Malta non era mai stato prima. Era stato piuttosto facile prendere un aereo e ritrovarsi nel bel mezzo del Mediterraneo dopo appena un paio di ore di volo, baciato dal sole che rende ocra qualunque tristezza e accarezzato dal vento tiepido donato dal mare. Più complesso era stato prendere un taxi, lasciare quella parte di Malta super moderna piena di palazzi e movida di cui tutti parlavano e finire nel mezzo di una campagna frustata dal sole e bonificata da secoli di civiltà europea. Era davanti ad una chiesetta in mezzo al nulla e alla campagna, tra due paesini di cui non aveva mai sentito parlare: Qrendi e Siggeui. Edoardo controllò bene le indicazioni che gli avevano dato ed effettivamente corrispondevano.

Si era fatto preparare dalla filippina una valigia stracolma di roba. C'erano cambi per una settimana, quattro camicie firmate da parecchie centinaia di euro, tre paia di pantaloni lunghi, pantaloncini corti, un set di occhiali da sole, un computer portatile, un necessaire dono del Four Seasons colmo di spazzolini, lime, un lucida scarpe, burro cacao, cottonfioc, crema per il corpo, shampoo.

Sapendo che il mare maltese non aveva nulla da invidiare a quello più esotico, aveva fatto mettere dentro anche pinne, la maschera, due teli da lettino dono uno dei proprietari del Papeete e l'altro del Paparazzi di Milano Marittima e un set di creme protettive e spray abbronzanti.

Ma il fardello più pesante se lo portava dentro: quello che era successo era come un enorme macigno che gli aveva bloccato la vita che conosceva. Aveva provato ad andare da psicologi, psicoterapeuti, persino da uno psichiatra per superare il trauma. Ma non era servito a niente. Si era anche messo a leggere quei libri di auto-aiuto, tipo «Smettila e sii felice». Ma non leggeva un libro da quando Costantino aveva scritto la sua autobiografia insieme a Signorini. Per cui, per quanto si rendesse conto che dentro a quel libro era contenuta un'intera prateria in cui non aveva mai corso, non aveva abbastanza energie ed attenzione per poter leggere più di trenta pagine.

Dopo lunghe consultazioni suo padre, che pure non stava benissimo, gli aveva autorevolmente suggerito di fare un incontro esperienziale con una società, la Agape Coaching, che curava anche la formazione dell'azienda di famiglia, che aveva offerto un pacchetto premio di benessere emotivo a Malta. Dopo il trauma subito ne aveva bisogno.

Il portone della chiesa era chiuso, sprangato da dentro. Guardò l'ora: mancava una mezz'oretta all'orario di inizio. Girò tutto intorno all'edificio, ma non trovò nessun ingresso secondario. Passarono pochi minuti ed arrivò un'auto. Un altro taxi. Ne scese quasi subito una ragazza giovane, con le braccia piene di cicatrici regolari. Era bellissima e trovò subito nei suoi occhi qualcosa che lo attraeva come una calamita attira il ferro. Edoardo le andò incontro, un po' imbarazzato.

«Sei anche tu qui per il corso?».

Lei posò i suoi occhi su di lui con fare apatico. E dopo qualche secondo gli sorrise al rallentatore.

«Stai bene?» le chiese lui sorpreso.

«A tratti. E tu stai bene?».

Edoardo ci pensò un attimo. E rispose: «Dipende». Poi aggiunse porgendole la mano: «comunque sono Edoardo».

«Io invece mi chiamo Diamante».

«Mai nome fu più azzeccato» gli venne da commentare.

«Perché? Pensi che debba essere lavorata? O pensi che sia un oggetto da esporre?» chiese lei con un accenno di scocciatura sulla punta del viso. Parlava con una strana lentezza.

«No» rispose spiazzato lui, «intendevo dire che il diamante è un oggetto prezioso...».

«Appunto. Un oggetto».

«Sì, ma prezioso. Mi riferivo alla preziosità».

Passarono vari secondi. Poi lei disse:

«Guarda che le sento le unghie che strisciano sugli specchi».

Edoardo aveva finito le parole. Gli rimase solo un viso deluso e intristito, misto a un pizzico di rabbia che si era annidata dentro.

«Scusami» aggiunse lei dopo qualche secondo, «non è colpa tua. Sono io che non sto bene».

«Che cos'hai?».

«Un male senza nome».

«Cioè?».

«Se è senza nome non ci sono parole per raccontarlo».

Fece una lunga pausa. Poi riprese:

«Hai notato questo profumo?».

Edoardo provò ad annusare ma non notò niente di particolare.

«È dall'istante in cui sono scesa dalla macchina che non faccio altro che sentire odori mai sentiti prima in questa composizione: carrubo, mandorlo, tamerici, fico, olivo, lauro, rosmarino, timo. E poi traccia di coniglio e capra. Questa composizione crea odori mediterranei antichi, ancestrali, che raccontano la storia del mondo. Ogni aroma che stiamo sentendo contiene in sé una parte del segreto di questa strana vita che viviamo. Composizioni chimiche sconosciute nella loro essenza che si intrecciano ai recettori del nostro naso e vanno dritte al cervello. Non trovi che sia qualcosa di ineffabilmente strano ed insieme ineluttabilmente consolatorio?».

Edoardo si fermò. Ciò che gli aveva appena detto lo aveva colpito. Poi, dopo qualche silenzio, lei continuò:

«Tu invece sai molto di plastica. Plastica e cemento. Sei come ricoperto di uno strato poco sottile di artefatti umani, petrolio, bitume, alcol, diethanolamine, monoethanolamine, triethanolamine, triclosan. Non riesco a sentire il tuo vero odore».

«Ma come fai a sentire tutto questo?» chiese Edoardo educatamente sorpreso.

«Uso il naso. Sento continuamente tutto ciò che mi circonda, riconosco le persone, riesco a sapere cosa hanno mangiato, dove sono state, se sono arrabbiate, tristi, impaurite. Ho scoperto solo da poco che non tutti riescono come me. Anzi, che non ci riesce quasi nessuno».

Edoardo si sentì piccolo e disse solo:

«Beata te».

«Le vedi le mie braccia? Non sono così beata».

Edoardo posò gli occhi su quella pelle bianca, su cui erano incise ferite dritte e regolari, tutte parallele, che partivano dalle nocche e arrivavano alle spalle. Alcune, quelle più vicine alle spalle, erano non del tutto rimarginate.

«Che ti succede?» le chiese allora.

«Esprimo sul mio corpo quello che le parole non riescono a dire. Ed è un grosso problema perché al centro estetico dove lavoro vogliono lasciarmi a casa per questo motivo».

«E come lo fai?».

«Quando ho dentro qualcosa che non riesco a tradurre e comunicare parlando, prendo una lametta e incido il mio corpo».

Edoardo ebbe un brivido alla schiena.

«Non ti fa male?».

«Provo dolore, sì. Ma questa sensazione placa la mia frustrazione. Ti dico una cosa: per anni nessuno è stato capace di comprendermi. Io non sono mai riuscita a parlare di questo che ti ho detto. Per anni mi sono incisa il corpo, o lo penetravo nella carne con spilli e nessuno mi ha mai capito. I miei genitori mi hanno mandato da psicologi, psicoterapeuti, psichiatri. Nessuno di loro è stato capace di capirmi. L'unica cosa che alla fine hanno fatto è imbottirmi di psicofarmaci. Non vedi come sono rallentata? Tutta colpa della clomipramina che ho preso fino a poco fa».

«Sei qui al corso per questo?».

Diamante fece una faccia strana. Poi disse:

«Veramente non lo so. Mi è arrivata una busta con un profumo buonissimo che mi invitava qui, ho preso un aereo e sono venuta. Non ho neanche letto bene cosa ci fosse. E tu perché sei qui?».

Edoardo fece un sospiro.

«Sono qui perché ho subito un trauma. E da allora non sto più bene, sono pieno di ansia ed angoscia, non riesco ad uscirne».

«Che tipo di trauma?».

«Un barbone ha sequestrato me e mio padre, ha picchiato e umiliato il babbo, costringendomi a guardare. Poi quando stava per prendersela con il mio corpo se ne è andato come se nulla fosse. E noi siamo rimasti in un capannone industriale abbandonato per ore, finché non sono arrivati i carabinieri avvertiti da un passante. Tutta l'esperienza è stata molto forte. Ma per me è doloroso non riuscire a capire il perché di tutto quello che è successo. Perché ha fatto violenza a mio padre? Perché mi ha sfasciato la macchina? Perché poi a me invece non ha fatto nulla?».

Diamante lo guardò con fare calmo. Stava per dire qualcosa, ma fu interrotta dall'arrivo di un'altra macchina.

GIOVANNI

Giovanni era in aeroporto a Malta ad aspettare una ragazza. Un tempo aspettare in un aeroporto o una stazione era una cosa che faceva comunemente, quando faceva venire ragazzotte conosciute su internet a passare week end di fuoco a casa sua. Ma questa volta non la conosceva, non l'aveva mai vista, ma andarla a prendere in aeroporto era l'unica condizione che gli avevano posto per poter avere il corso gratis. Era stato il suo compagno di avventure a convincerlo che aveva bisogno di farsi aiutare e lo aveva messo in contatto con un'organizzazione di crescita personale. Aveva anche avuto la fortuna di essere sorteggiato e di vincere un corso di autostima gratuito a Malta. Non gli era parso vero, era esattamente ciò di cui sentiva aver bisogno.

Dopo quello che era successo non si sentiva più se stesso. Dopo l'improbabile mutilazione che aveva subito il mondo gli era cambiato intorno ed aveva perso i colori. Da quel giorno aveva vissuto una vita in bianco e nero. La sua Rimini splendente era diventata di botto una cupa città nordica. Non riusciva più a sentire il gusto di quella carne che per lui era tutto. E lui non era il tipo da voler stare in un mondo del genere. Per cui prendeva quell'occasione come un momento per poter cambiare. Doveva trovare nuovi colori per dipingere la sua vita.

Di questa ragazza non sapeva niente, solo che veniva da Roma. Gli avevano mandato una foto per email per poterla riconoscere. Era una ragazza normale, con un bello sguardo. Decisamente non una ragazza di quelle che destavano il suo interesse. Ed ora la stava vedendo uscire dagli arrivi dell'aeroporto.

«Elisabetta? Ciao, sono Giovanni, piacere» le disse andandole incontro.

Per la prima volta a memoria sua si sentiva in imbarazzo ad interagire con una donna.

«Piacere Giovanni. Grazie per essermi venuto a prendere. Altrimenti non avrei saputo come raggiungere questo posto».

«Già, è un po' sperduto. Io poi qui a Malta non sono mai stato. Ma un tassista ha detto che potrà portarci in quella chiesa».

«Ho guardato su internet, sembra un posto abbandonato, una vecchissima chiesa sconsacrata».

«Bene, Elisabetta, andiamo?» chiese allora prendendole la valigia. Uscirono dalla stazione e salirono sul taxi. Giovanni non sapeva bene se poteva parlare liberamente. Ci provò:

«Dunque Elisabetta, tu come mai fai questo corso?».

«Me lo ha consigliato un grosso cliente dello studio in cui lavoro… lavoravo. Ho perso il lavoro. Questo è il vero motivo per cui ho bisogno di riprendermi un po' in mano. E dopo il licenziamento l'unica persona del mondo del lavoro che si è fatta avanti per sapere come stavo è stato questo cliente. Una persona appassionata di crescita personale e corsi per star bene. Mi ha invitato ed eccomi qua. E tu?».

Giovanni divenne rosso in viso. Il tassista capiva l'italiano?

«Sai, ho subito… una violenza».

«Oh mi spiace».

Ci fu qualche attimo di silenzio imbarazzato. Poi Giovanni si buttò:

«Un barbone mi è entrato in casa. Io ero legato al letto… beh, sì, è una storia lunga. Comunque, per farla breve, senza un motivo comprensibile mi ha circonciso».

«Circonciso?».

«Esatto. Io ero convinto volesse evirarmi con un coltello da cucina. Invece si è limitato a farmi una puntura alla base del pene e a tagliarmi via il prepuzio, per poi darmi anche i punti di sutura. Fa un male cane, specialmente i giorni dopo, ma non è un vero e proprio danno fisico, né una vera e propria mutilazione».

Sarà stato il suo accento romagnolo, o quella storia surreale. Ma Elisabetta non riuscì a trattenere un risolino. A cui si accodò quello, un po' strozzato, del tassista maltese.

«Scusami» disse lei, «capisco che deve essere terribilmente traumatico».

Giovanni fece un sorriso imbarazzato.

«Lo è. Temo che sia molto difficile per te capirlo, ma trovarsi legati al proprio letto e vedersi arrivare un barbone con un coltello in mano ti fa rivedere tutta la tua vita sotto un altro punto di vista. Tutto quello che ti sembrava sicuro e scontato di botto scompare. Ti senti in balia della vita e ti assicuro che è una sensazione orribile».

«Perché» replicò Elisabetta piccata, «pensi che perdere di botto, e per una ingiustizia, il lavoro su cui avevi investito ogni goccia del tuo sangue negli ultimi dieci anni sia piacevole?».

«No, ma…».

Il fiume in piena di Elisabetta lo travolse carico di rabbia:

«Tutta la mia vita, capisci, era contenuta in quel lavoro, tutti i miei sogni, le mie speranze, le mie aspettative, le mie fantasticherie… E per salvare la figlia di un politico, maledetta Pagani, hanno fatto fuori me, anche se la colpa dell'errore era tutta sua. Capisci?».

In tanti anni di seduzione Giovanni non aveva capito molto delle donne, che rimangono all'uomo fitto ed affascinante mistero. Ma aveva imparato che non si risponde mai ad una donna che cavalca la propria rabbia. Per cui stette zitto.

Elisabetta versò una lacrima e fece anche un singhiozzo. Per un attimo Giovanni ebbe un flash e gli sembrò una qualunque delle scene post seduzione in cui negli anni era incappato. Poi si ricordò di non averla mai portata a letto.

La strada era uscita dal conglomerato urbano in cui era incastonato l'aeroporto ed ora tagliava quelle fette di campagna strappate alla natura selvaggia dell'isola. Giovanni per un attimo sentì l'esigenza di raccontarle del suo sesso compulsivo, della sua serialità nella conquista delle donne. Poi sentì un altro singhiozzo e pensò che non era decisamente il caso. Cambiò discorso, conducendo altrove l'attenzione della ragazza:

«Ma quindi a questo corso tu sai cosa faremo?».

«No», rispose lei asciugandosi le lacrime, «Dovrebbe essere uno di quei corsi di crescita personale in cui ciascuno tira fuori se stesso e si migliora».

«Sai, ho un po' paura di finire in uno di quegli incontri in cui c'è un buffone che inizia a farci urlare, sai un po' quelle robe all'americana...».

«Ne hai mai fatti prima di corsi del genere?».

«Sì, una volta a Rimini sono finito tirato da una tipa che... beh che mi piaceva... a fare un incontro con un tizio che voleva insegnarmi a fare di me un brand. Fumo, fuffa, cinquanta euro buttati via».

«Eh certo, nel mondo della formazione ci sono molti improvvisati. Però io vengo da uno studio molto importante di Roma ed un cliente molto grosso, una persona che conta, mi ha detto che questa è una cosa molto seria. Per cui voglio fidarmi».

«Anch'io, alla fine, altrimenti non sarei venuto. Ecco, quello dovrebbe essere il posto».

«Guarda, c'è già altra gente davanti alla chiesa».

Il taxi si fermò e Giovanni e Elisabetta scesero.

«Che strani odori che hanno questi due», commentò Diamante poco dopo, «un sacco di rabbia, paura, frustrazione… Bleah che schifo».

I quattro si vennero incontro e stringendosi le mani si presentarono.

«Ragazzi» intervenne allora Giovanni squillante, «mancano dieci minuti all'inizio e siamo solo noi? Cioè, non c'è nessuno dell'organizzazione? Siamo qua davanti a una chiesa in mezzo alla campagna sperduta, lontana dal mondo, la cosa più simile alla civiltà che si vede da qui è una strada sterrata e dei fili dell'elettricità. Non è che è una presa in giro?».

Il pensiero serpeggiò per un istante fra le menti di tutti. Fu l'arrivo di un altro taxi a distogliere per un istante l'attenzione da quel sospetto. L'auto si fermò e ne scese una ragazza alta, magra e con dei lunghi capelli biondi. Avrà avuto sui trent'anni ed era vestita con un lungo vestito tipo sari indiano. Con un viso un po' arcigno si avvicinò a quel gruppo e si presentò:

«Salve, sono Jennifer. Immagino siamo tutti qui per lo stesso motivo».

Gli altri dissero compostamente il proprio nome.

«Di dove sei Jennifer?» chiese Diamante sospettosa.

«Bella domanda. Fino a pochi giorni fa vivevo nel Mali. Prima ho abitato in Vietnam, Congo, Cambogia e Libano. Ma sono cresciuta tra l'India, l'Inghilterra e l'Italia, mio padre era un diplomatico».

«Ecco perché tutti questi odori!» esclamò Diamante, «non riuscivo a capire bene».

Jennifer sorrise nascondendo imbarazzo. Avrebbe voluto fare qualche domanda su di loro, ma l'arrivo di un'altra macchina, bianca fiammeggiante, monopolizzò l'attenzione di tutti. Si fermò davanti a loro e ne scese, dai sedili posteriori, un ragazzo grasso e malvestito. La macchina ripartì appena la portiera venne chiusa.

«Ciao ragazzi io sono Antonio» disse imbarazzato per rispondere a tutti quegli sguardi interrogativi.

Seguirono sorrisi e presentazioni.

«Ho fatto un viaggio un po' lungo, ho dovuto prendere anche un aereo… Ma voi state ancora aspettando?» chiese Antonio facendo notare che mancavano un paio di minuti e non di più all'ora di convocazione. Ritornò a farsi strada il pensiero dello scherzo.

I secondi di silenzio che seguirono interpretarono la perplessa tensione di tutti. Si leggevano, come in un fumetto, i pensieri della gente che era lì:

«Ma avrò fatto bene a venire fin qua?».

«E se fosse uno scherzo?».

«Sarà mica una truffa».

«Secondo me è una candid camera».

Edoardo si avvicinò di nuovo al portone d'ingresso, ma continuava ad essere sprangato da dentro. Appoggiò un orecchio per sentire se all'interno ci fossero rumori. E ne sentì uno, un suono metallico che sembrava molto vicino.

«Forse ci siamo» disse allora chiamando con una mano gli altri. Di botto il portone si aprì, in modo meccanico e consentì loro la vista dell'interno della chiesa.

«Guardate un po' che bel posto!» esclamò Giovanni. Diamante chiuse gli occhi, poi, prima ancora di varcare la soglia, commentò: «strano, molto strano».

Entrarono tutti dentro. E quando l'ultimo della fila, Antonio, fu dentro la chiesa, il portone con lo stesso movimento meccanico con cui si era aperto si richiuse di botto. La chiesa aveva tre piccole navate e da alcune finestre poste molto in alto filtrava la luce del sole mediterraneo. Era completamente vuota, non c'erano panche, non c'era neppure un altare. Il presbiterio era rialzato ed alcune scalette poste sotto indicavano la presenza di una cripta. Il gruppetto avanzò fino a metà della navata centrale, quando dalla cripta uscirono quattro uomini vestiti in giacca e cravatta nera, tutti uguali, con occhiali da sole sul naso. Tre uomini salirono le scale ed andarono nel fondo del presbiterio, mentre l'altro acquistò il centro della navata, poi disse, con tono recitato e solenne:

«Signori e signore, benvenuti. Siete pronti per l'esperienza più straordinaria della vostra vita?».

Gli occhi del gruppetto si incrociarono fra loro misti di perplessità e stupore. Giovanni già pensò alla solita americanata.

Poi dalla cripta emerse una figura. Un uomo. Aveva un incedere maestoso e solenne. Ci volle poco perché quell'immagine raggiungesse i cervelli dei presenti. Diamante annusò intensamente e fece una faccia strana, Elisabetta strinse gli occhi per chiarire l'immagine, Edoardo rimase bloccato come una statua di sale, mentre Giovanni con uno scatto iniziò a correre verso il portone ed iniziò a tempestarlo di colpi per cercare, senza successo, di aprirlo. Dalla cripta uscì anche un cagnolino piccolo e dolce.

L'uomo avanzò in posizione centrale, dove una luce lo illuminò distintamente. Era alto, magro, con una barba incolta e sporca, vestiti luridi addosso e due occhi magnetici che producevano quasi luce propria. Edoardo riconobbe subito il barbone che aveva seviziato suo padre, Giovanni riconobbe l'uomo che lo aveva circonciso. Elisabetta vide il clochard che le aveva fatto quella domanda. Tutti in un'unica persona.

L'uomo fece scivolare i suoi occhi sui ragazzi rinchiusi in quella chiesa sperduta nelle colline. E con uno strano sorriso sulle labbra disse con voce tonante:

«Ora non offendete la vostra intelligenza dicendomi che siete sorpresi...».

SABRINA

Il risveglio di Sabrina fu molto duro. Aveva dormito sul divano al piano di sotto, tenendosi stretta Lucia al corpo. Non ce l'aveva fatta a dormire nel letto che condivideva con il marito.

Come spesso le accadeva aveva sognato di essere su una barca che naviga placida intorno ad un'isola su cui c'è una giungla talmente fitta da non vederci dentro. Un sogno tutto sommato tranquillo. Ma quella notte dall'isola aveva visto affacciarsi sul suo mare il viso del barbone.

E chissà dov'era suo marito, dopo tutti gli urli e le scenate che gli aveva fatto. Lei era lì. Nella casa in cui era andata quando si era sposata, la casa in cui aveva vissuto negli ultimi anni, la casa in cui aveva riposto le sue sicurezze e i suoi desideri. Ma ai suoi occhi ora era solo un rudere pieno di macerie, bombardato da una vita che aveva saputo essere spietata. Aprì gli occhi, che avevano dormito molto poco, e sentì subito un dolore terribile annidarsi nel suo corpo. Quel quadro che vedeva davanti a lei era un regalo dell'amore della sua vita. Quello che poche ore prima aveva trovato brutalmente a letto con un'altra donna.

Prima che potesse fare un altro passo nel sentiero lastricato di questi pensieri sanguinanti sentì un rumore strano, come il cinguettio di un uccello. Le tornò subito in mente quel portagioie del barbone. Appoggiò Lucia nell'angolo del divano, lasciandola dormire e si diresse verso il rumore. Trovò quella scatolina aperta e sollevandola da terra, dove era finita, vi trovò una sorpresa: nel fondo non era più incisa la frase del giorno prima, ma qualcosa di diverso.

«Niente è mai ciò che sembra».

Non fece in tempo ad iniziare a pensare a cosa volesse dire che il portagioie si richiuse con un suono secco.

«Niente è mai ciò che sembra», ripeté per memorizzare. Che forse volesse dire che in realtà quello che aveva visto non era un vero tradimento? Magari. Aveva visto il corpo seminudo di quella donna nella sua stanza, l'aveva vista mentre cercava di scappare, aveva visto il suo lucidalabbra sulla bocca del marito, aveva sentito il suo profumo nelle lenzuola. E non aveva sentito il marito pronunciare nessuna frase che potesse farle pensare a qualcosa di diverso di un tradimento bello e buono. I sensi non sbagliano. Suo marito era stato a letto con lei.

Sabrina si guardò intorno e trovò un ambiente che come una spugna conservava i suoi ricordi: vide il tappeto che le aveva regalato la suocera, il divano che aveva scelto all'Ikea insieme al marito fra mille litigate, l'angolo in cui gli aveva dato l'unico schiaffone della sua vita, condito di successivi dolorosissimi sensi di colpa. Tutti questi ricordi, e tanti altri che apparivano sullo sfondo, iniziarono a stringerla alla gola, quasi per soffocarla. Quei ricordi che era convinta fossero suoi tesori preziosi stavano mostrando il loro volto da incubo e le loro mani omicide. Poi si accorse di una cosa strana. Intorno al tavolo, al suo tavolo che ricordava di aver scelto fra tanti, c'era una sedia che non aveva mai visto prima. Che ci faceva lì, nella sua casa?

«Niente è mai ciò che sembra». Quella frase le stava filtrando i prodotti della mente ed iniziò a pensare che in realtà troppe cose che le sembravano certezze stavano crollando come rocce friabili in una valanga. Aveva dedicato tutte le sue energie degli ultimi anni, i suoi anni migliori, a costruire quella famiglia e a farla star bene. Aveva sacrificato desideri ed ambizioni per poter essere parte di quelle tre persone che insieme credeva fossero un solo cuore. E ora una di quelle tre persone aveva condiviso la propria intimità con un'altra donna, aveva aperto il cuore al flusso fangoso del fiume della lussuria, del tradimento, dell'umiliazione. Sentiva pulsare dentro un dolore che pompava rabbia in ogni angolo del suo corpo.

Guardò la piccola Lucia, la sua piccola Lucia. E per la prima volta dal momento in cui l'aveva sentita dentro si rese conto che era sua solo a metà. Era impastata per l'altra metà del sangue di quell'essere che aveva preso i suoi sogni e li aveva maciullati nelle fauci della sua superficialità. Per la prima volta la vide con occhi diversi. Per la prima volta si rese conto che di lì in avanti avrebbe dovuto fare i conti anche con questo pensiero.

Cercò di sfuggire dalla morsa di tutti quegli oggetti e quei ricordi che la soffocavano. Corse in bagno e si trovò davanti allo specchio. Aveva un volto scavato dal dolore e dalle lacrime e degli occhi che non riconosceva.

Niente è mai ciò che sembra. Ed in effetti anche lei, guardandosi in faccia, scoprì di essere una sconosciuta.

GIOVANNI E EDOARDO

«Niente è mai ciò che sembra» sentenziò quell'uomo misterioso dalle mille facce a quel gruppetto di ragazzi sperduti per le strade della vita.

«Giovanni» gridò rivolto al ragazzo che cercava di forzare il portone, «quella porta non si aprirà. Perché cerchi di scappare?».

Lo sguardo carico di terrore del ragazzo parlò molto più di molte parole.

«Giovanni» chiese allora l'uomo con grande calma, «cosa ti ha diagnosticato il medico quando sei andato a lamentarti perché avevi quei dolorini durante il rapporto e avevi paura di aver contratto una malattia venerea da una delle tue tante conquiste?».

Giovanni divenne blu. E chiese senza avere fiato in corpo: «tu cosa ne sai?».

«Ti ha diagnosticato una balanopostite che stava comportando l'insorgere di una fimosi di grado lieve. Il dottore non ti ha però detto che l'unica soluzione possibile ai tuoi dolori, che sarebbero stati crescenti, era la circoncisione. Magari ti potrà interessare sapere che prima di entrare nella tua stanza avevo sterilizzato il coltello. Avrai capito che quella puntura che ti ho fatto era una semplice anestesia locale. E forse ti potrà interessare anche sapere che sono laureato con lode in medicina e chirurgia e nel passato ho lavorato come chirurgo negli Stati Uniti. Questo cambia qualcosa in quella che tu hai pensato essere una mutilazione? ».

Giovanni era ancora aggrappato al portone, immobile. In un attimo molti suoi muscoli inaspettatamente si sciolsero. Ma prima che potesse articolare una parola,

«Edoardo!» esclamò l'uomo rivolto al ragazzo che era rimasto immobile come una statua di cera, «ho una cosa per te». Tirò fuori da una tasca della giacca una lettera e la diede al ragazzo della sicurezza che era rimasto a fianco a lui. Quello si avvicinò a Edoardo e gliela porse.

«Come potrai verificare era tutta una messinscena. Leggi quello che ti scrive di suo pugno il tuo potente genitore: ovviamente non ho mai violentato tuo padre. D'altra parte tu che cosa hai realmente visto? Mi sono limitato ad orinare su di lui, al massimo l'ho un po' impiastricciato. Come sai che tuo padre ha subito violenza prima? Non te lo ha forse detto lui? Ecco lì una sua dichiarazione che testimonia come fosse tutto falso».

Edoardo era come sprofondato nella lettura di quelle poche righe scritte dalla riconoscibilissima calligrafia paterna. E quando alzò gli occhi lo sguardo era cambiato. Ma non profferiva parola, convinto che il barbone gli avrebbe letto nel pensiero.

«Sei perplesso eh? E ti starai chiedendo: ma perché? Scopriamolo un po' alla volta».

Lo sguardo dell'uomo si volse di botto altrove.

«Antonio. Tu lo sai che nel tuo paese il connubio fra indagini e informazioni è l'arma più potente che si possa usare contro una persona. Mi sono bastate realmente poche leve per riuscire a farti indagare e a farti finire sul giornale italiano».

Antonio non si mosse di un millimetro. Ma il suo sguardo ebbe come una crepa.

«Se tutto questo è successo c'è un motivo profondo. Non ci saremmo ritrovati tutti insieme qui, in questo luogo lontano e sperduto, se tu, Edoardo, non avessi visto crollare davanti ai tuoi occhi il muro che ti separava dal mondo, ossia la sicurezza di tuo padre. Non saremmo qui se qualcosa non avesse posto fine, Giovanni, alla tua sequenza infinita di conquiste. Dentro ciascuno di voi c'era un desiderio di cambiare. D'altra parte prima di far partire il vostro cambiamento vi abbiamo chiesto il permesso. Capisco che il modo con cui ho fatto questo ti sia sembrato molto doloroso, ma tanto quell'operazione l'avresti dovuta fare comunque. Antonio, schiodare te dall'ambiente che non ti consentiva di crescere era particolarmente difficile, ho dovuto usare un piede di porco per scardinarti dalla tua accidia. E tu, Elisabetta cara, se non avessi perso il lavoro non ti saresti mai messa a cercare te stessa. Ragazzi, forse non avete capito una cosa».

Li squadrò tutti uno ad uno. Fece una pausa lunga secondi e poi gettò la sua bomba:

«Quello che sta succedendo qui a Malta finirà per cambiarvi la vita. Il cambiamento è qualcosa di serio. Non avviene di botto, con la bacchetta magica. Per cambiare serve un attimo, sì. Ma per trasformarsi in vita il cambiamento deve diventare abitudine. Vi insegnerò entrambe le cose. Il cambiamento potrebbe condurvi dove non avreste mai immaginato di andare, potrebbe farvi scoprire cose che potrebbero decisamente non piacervi. Il cambiamento potrebbe essere anche traumatico. La mia è una proposta. Se qualcuno di voi non se la sente di cambiare, se qualcuno fra voi non se la sente di smettere con i propri schemi, le proprie emozioni disfunzionali, i propri pensieri sabotanti, è libero di andarsene. Senza dover rendere conto a nessuno, chi non vuole cambiare se ne vada. Nessuno lo giudicherà. Chi invece vuole mettersi in gioco, chi vuole prendere in mano la propria vita, chi vuole conoscere il mistero di chi è veramente nell'intimo, resti qui e mi segua».

Il cagnolino gli girava amabilmente intorno, dando a quella situazione un sapore un po' surreale.

EDOARDO

Edoardo dovette davvero usare tutta la sua abilità per non esplodere. L'uomo che fino a poco prima era per lui un torturatore e la causa di tutti i suoi mali ora si presentava con la maschera del salvatore. Aveva una paura matta ad articolare qualunque pensiero, perché sapeva che glielo avrebbe letto. La prima cosa che aveva fatto era stata prendere il telefono e chiamare suo padre. Uno squillo, due squilli, dieci squilli. Nessuna risposta. Ma dopo pochi secondi un messaggio:

«è tutto vero, fidati di lui».

Erano passati molti minuti prima che quello shock venisse assorbito. Edoardo rimase nei suoi pensieri fino a quando prese la sua decisione e si avvicinò all'uomo:

«Anche se è tutto così strano qualcosa mi dice di seguirti. Ma immagino tu lo sappia già».

L'uomo sorrise. E gli diede una maglietta bianca:

«Indossa questa» gli disse.

Edoardo dovette forzare il suo spirito perbenistico per indossare quella t-shirt da fornaio. L'unica vera leva che lo convinse fu che solo Diamante ne indossava una uguale alla sua. Si accorse subito che l'uomo aveva diviso il gruppo in altri sottogruppi: lui e Diamante indossavano una maglietta bianca, Giovanni e Elisabetta rossa, Antonio e Jennifer verde. E si accorse anche che pure tutti gli altri dovevano aver avuto un percorso pieno di emozioni agrodolci prima di superare la presenza di quell'uomo.

In tutta quella esplosione di emozioni Edoardo però si ritrovò a non avere occhi che per Diamante. Si era fatta spazio nei circuiti della sua attenzione come un grillo che si infila negli anfratti dei muri. Aveva capito di essere dentro un'esperienza che stava in bilico fra un mistero pericoloso e una opportunità straordinaria, eppure riusciva a dedicare a questi pensieri solo una piccola parte di sé. Il resto era per quella ragazza. Ma non riusciva a capire cosa avesse lei in testa.

Si guardò intorno usando il suo acume. Elisabetta, stretta nella sua maglietta rossa, era con ogni evidenza attratta fisicamente da Giovanni. Il quale invece dimostrava totale disinteresse per la ragazza. Poi guardò Antonio. Si vedeva subito la simpatia che nutriva per Jennifer. Simpatia a quanto pare ricambiata. Ma totalmente scollegata dai corpi. Uno dei due doveva essere certamente omosessuale. Antonio, ovviamente.

Guardava gli altri e capiva perfettamente quello che avevano dentro. Ma di Diamante non capiva nulla. Chissà, forse era semplicemente per questo che lo affascinava. Lei se ne stava chiusa in se stessa, dentro un mondo in cui non consentiva a nessuno di entrare.

Edoardo sapeva bene che il desiderio porta a un bivio: se appagato conduce alla delusione, se non appagato alla frustrazione. Eppure non riusciva a togliersi da dentro quell'esplosione di desiderio per quella ragazza, che lo stava squassando nell'intimo. Gli sembrava di essere ritornato alle esplosioni nucleari dei tempi del liceo, quando si innamorava di una ragazza solo vedendola scendere dalle scale della scuola.

«Diamante» le chiese cercando di attaccare discorso, «Non te l'ho ancora chiesto, ma tu nella vita a parte lavorare al centro estetico cosa fai?».

Lei lo guardò con il suo sguardo indecifrabile, poi con calma rispose:

«Quello che fanno tutti gli altri. Solo che lo faccio a modo mio».

La faccia perplessa di Edoardo rimase a mezz'aria abbastanza a lungo da suscitare una seconda risposta:

«Faccio arte».

Edoardo aspettò qualche secondo prima di spingersi più in là:

«Che tipo di arte. Dipingi?».

Diamante sorrise e rispose:

«Faccio profumi».

«Ah che bello» rispose Edoardo con finto entusiasmo, visto che non aveva capito il nesso fra l'arte e i profumi, «che profumi fai?».

La ragazza distolse lo sguardo da lui e sembrò rinchiudersi nel suo mondo. Solo dopo parecchi secondi rispose:

«Edoardo» gli chiese allora con gentilezza la ragazza, «cosa vuoi da me?».

«Conoscerti» rispose con una sincerità che aveva un ottimo sapore sulla lingua. «Sento che sei diversa».

«Diversa da chi?».

«Dalle altre ragazze».

«E in cosa sarei diversa?» chiese lei con un pericoloso attivarsi di emozioni.

Edoardo ci pensò un attimo.

«Non ti capisco».

La ragazza sorrise beffarda. Ed alzandosi aggiunse:

«Per quanto tu possa essere affascinante e interessante, Edoardo, se tutte le ragazze che ti ruotano intorno si sono fatte capire significa una cosa e una soltanto: ti sei circondato di persone mediocri. E chi si circonda di mediocri non pensi che alla fin fine sia un po' mediocre anche lui?».

Silenzio. Che ruppe Diamante:

«Finché non mi farai sentire il tuo vero odore, Edoardo, non potrai interessarmi». E così dicendo si allontanò da lui, piantandogli una lama di pugnale dritto nel cuore.

Edoardo sentì dentro una ferita che gli riempì i polmoni di dolore. Abbastanza da farlo tacere.

Sabrina si rendeva conto di non avere fra le mani il timone del presente su cui stava navigando. Erano già passate due notti e un giorno intero da quell'evento che le aveva scarnificato la vita. Si sentiva un'estranea, una persona che la guardava da fuori con stupore e disgusto.

Lucia era stata prelevata dalla vicina di casa per andare all'asilo insieme alla sua amichetta, per fortuna quella mattina era il loro turno. Per fortuna. O per sfortuna. Sabrina aveva perso completamente il senso del tempo. Rimase seduta sul divano a guardare nel vuoto per chissà quanti minuti, per chissà quante ore. Aveva dentro correnti profonde che non accennavano ad affiorare in superficie ma che la conducevano verso esperienze interiori che non pensava esistessero. Seppe cos'è il dolore. Anche prima pensava di sapere cosa fosse il dolore, ma non immaginava facesse tanto male. Quello che provava era molto più forte di quello fisico, quando aveva partorito, persino più forte del lutto, quando aveva perso i nonni. Aveva qualcosa dentro che ora la torturava. Un demone. Un demone vomitato dalle profondità dell'inferno che si era impossessato di lei, del suo ventre, del suo corpo, della sua vita. E proprio mentre stava frequentando queste dimensioni demoniache, stando seduta ferma sul divano, sentì un rumore alla porta. Un rumore che aveva sentito decine, centinaia di volte. Un semplice clic. Dopo quel clic la porta si aprì ed entrò una figura. Un uomo. Suo marito. Lo guardò in faccia e subito il demone che portava dentro le fece sapere esattamente cosa fare. Si alzò in piedi e sgattaiolò nell'altra stanza. Ritornò dopo pochissimi secondi, neanche il tempo per l'uomo di capire cosa fare. E dirigendosi dritto verso di lui gli puntò al corpo un coltellaccio da cucina.

«Bastardo» gridò. L'uomo si aggrappò a dei circuiti di sopravvivenza primaria e riuscì a fare un balzo indietro senza neanche accorgersene. La lama gli tagliò i vestiti e penetrò nella carne del suo fianco. Prima che il demone potesse manovrare ancora i fili della sua burattina, l'uomo afferrò saldamente le mani della ragazza e gliele bloccò.

«Cosa fai?» chiese con tono fintamente pacato, «vuoi uccidermi?».

«Sì!!!!» gridò la donna sputandogli in faccia, «brutto bastardo tu hai ucciso me!».

Con una forza che nessuno le avrebbe attribuito riuscì a divincolarsi dalla stretta e con un balzo si allontanò dall'uomo. Lo guardò con tutto il suo odio dritto negli occhi. Alzò di nuovo la mano con il coltello sporco di sangue del marito. La molla stava per scattare quando un suono inquinò l'aria. Il canto di un uccello. Un fischio che Sabrina aveva già sentito. Quel suono la riportò per un istante alla realtà. Si girò e corse verso il divano. Per terra c'era la scatolina del barbone. Era aperta. Lasciò cadere il coltello sul divano ed afferrò la scatolina. Nel fondo questa volta appariva un'altra scritta:

«Guardala in faccia: è solo un'emozione».

Un'emozione. Non ci aveva pensato. In un istante l'attenzione di Sabrina puntò la sua luce verso il demone. Che strappato dalle sue tenebre scappò via, nelle profondità da cui era venuto. Cosa stava facendo? Aveva veramente cercato di uccidere suo marito posseduta dall'emozione del momento?

Le domande non ebbero il tempo di affiorare perché il rumore della porta che si richiudeva le stava dicendo che il marito era già scappato.

«Sabrina, hai veramente cercato di uccidere l'amore della tua vita?».

Si calmò un attimo. Guardò il coltello. E non vide tracce di sangue. Forse in realtà non lo aveva realmente ferito.

La ragazza si sentiva ingabbiata in una bolla di nulla. Non aveva una risposta per domande che le eruttavano dal profondo. O forse non voleva ascoltare la verità che le parlava dentro.

Quella bolla piena di nulla iniziò ad espandere i propri confini e in breve ne fu divorata. Non riusciva a dire o fare nulla. Non voleva sapere nulla. Finché non si aprirono le cateratte del cielo. Dagli occhi di Sabrina iniziò a sgorgare un fiume di sangue e dolore, intervallato da singhiozzi che portavano nella realtà i sommovimenti più profondi del suo animo. Che bisogno avrebbe avuto ora delle braccia del suo amore, che bisogno avrebbe avuto di essere consolata, compresa, sostenuta...

E invece rimase con il suo nulla che la tormentava dalle sue profondità più oscure.

«Guardala in faccia: è solo un'emozione». L'uomo misterioso aveva invitato Elisabetta al centro della navata. Elisabetta aveva accettato, prima un po' titubante, poi si era conquistata il centro dell'attenzione, con la sua maglietta rossa.

«Dunque, Elisabetta, cosa pensi della tua vita emotiva?».

La ragazza si voltò a guardare il barbone, che stava alle sue spalle a qualche passo di distanza. «In che senso?».

«Pensi di avere un buon controllo delle tue emozioni?».

La ragazza annuì arrossendo.

«Ragazzi», disse allora l'uomo rivolto a tutti, «Quante azioni, quante scelte dipendono da questi stati emotivi che ci portiamo dentro? Tutte? Quante scelte della vostra vita dipendono dalle emozioni del momento?».

I ragazzi si guardarono tra loro.

«Elisabetta, fai un respiro profondo. Alimenta il tuo corpo di aria. Fai come faccio io, respiri lenti e profondi, usando bene il diaframma... No, non così... guarda... Sì, brava».

Sotto lo sguardo di tutta quella improbabile comitiva Elisabetta iniziò a respirare come le diceva l'uomo.

«Visto come è facile controllare il respiro? Serve solo la consapevolezza e la volontà di farlo. Quando una qualche emozione che ti sembra di non riuscire a controllare ti esplode nel corpo è sufficiente che tu dia più aria ai tuoi polmoni e vedrai che per quanto forte possa essere l'emozione ne riprenderai in mano le briglie».

Poi aggiunse rivolto agli altri:

«Cambiare è spesso molto più semplice di quanto il nostro cervello voglia farci credere. Prendete consapevolezza del vostro respiro e già avrete tolto potere a quei draghi che usano il vostro corpo per farvi del male e per rendervi loro schiavi».

Mentre respirava una sensazione di liberazione si impadronì del corpo di Elisabetta.

«Così potete togliere forza ai draghi. Ma ora vi darò una tecnica universale per accedere alle vostre emozioni. Qualcosa di estremamente semplice, che però nessuno di noi fa. Una tecnica elementare che serve semplicemente a riprenderci la padronanza delle emozioni e a fare sì che siamo noi a comandare loro e non viceversa. Imparate a fare questo, piano piano, provando e riprovando, rendendo questi meccanismi automatici e vedrete come cambierà la vostra vita».

Si fregò le mani, guardando quella gente sorpresa, poi continuò:

«Innanzitutto bisogna scegliere lo stato emotivo. Quale stato emotivo vogliamo andare a cercare nelle miniere che vi portate dentro? Poco fa avete provato emozioni molto forti. Vi propongo quindi di cercare la pietra preziosa della tranquillità. Siete d'accordo? Qualcuno ha qualcosa da obiettare?».

Tutte le teste fecero cenno di no, compresa Elisabetta.

«Il primo passo per entrare nel tuo corpo è imparare a rilassarti» riprese il barbone, rivolgendosi alla ragazza. «Non potremo fare nessun cammino per esplorare la miniera delle tue emozioni se non vuoi staccarti, prima di tutto, dallo stato di agitazione presente: è fondamentale che tu riesca a rilassarti. Lascia che le tue energie corporee circolino liberamente. Prenditi il tempo che ti serve per trovare la tua comodità. Quando l'avrai trovata inizia a respirare. Respira profondamente portando dentro il tuo corpo consapevolezza ad ogni respiro».

L'uomo stava a pochi passi da Elisabetta, parlando con tono suadente.

«Respira profondamente, riempiti di aria, ossigeno, energia. Lascia che l'aria che ti penetra faccia distendere tutti i tuoi muscoli del petto, dell'addome, della pancia. Lascia che sciolga tutte le tensioni che hai accumulato lì. Hai idea di quanti muscoletti contratti hai nella pancia? Sai che percependoli la tua testa pensa sempre che tu sia in tensione, anche quando in realtà in quel momento non lo sei? Allora sciogliili, stirali con l'aria dei polmoni».

L'uomo fece alcuni respiri insieme a lei. Poi continuò.

«Ora chiudi gli occhi. Stacca il tuo contatto visivo da ciò che ti circonda. Entra pian piano nel silenzio dei sensi. Poi immagina che ci sia una luce sopra di te. Un cono di luce che ti sovrasta, sopra la testa. Immagina che pian piano questo cono di luce inizia a scendere, a velocità costante ma inesorabile, avvolgendoti tutta. E mano a mano che scende questa luce ti porta calore, rilassamento, consapevolezza ad ogni parte del corpo che illumina. Inizia dalla cima della testa. Prendi consapevolezza della tua testa e lascia che questa luce sciolga tutti i suoi muscoli. Così anche i muscoli del viso, a cui non sei solita prestare attenzione. Questa luce vi porta consapevolezza e con essa distensione. Ma la luce continua a scendere e illumina i muscoli del tuo collo, che si distende. E poi le spalle. Le spalle rilasciano tutte le tensioni che hanno accumulato e lasciano che ogni muscolo si rilassi. La luce continua ad avvolgerti il petto, poi l'addome, le braccia, le mani fino all'ultimo dito».

Il barbone parlava con tono lento e stranamente melodioso.

«Poi la luce scende, all'inguine. Ai femori. Alle ginocchia. Agli stinchi. Ai piedi fino all'ultimo dito. Sei completamente avvolta da questa luce che ti porta calore, ti distende e ti protegge».

Rimase qualche secondo in silenzio. Poi continuò:

«Ed ora, mentre continui a respirare e mentre continui a lasciarti distendere da questa luce, ti rilassi profondamente ed entri profondamente dentro di te».

Il silenzio aleggiava, interrotto solo da qualche respiro un po' più profondo degli altri, che stavano facendo anche loro l'esercizio.

«Ora che sei dentro di te, cerca nella tua esperienza un momento, un ricordo in cui hai sperimentato grande tranquillità. Può essere un ricordo recente, o lontanissimo nel tempo. L'importante è che tu in quel momento abbia sperimentato nel corpo cosa significa avere tranquillità. Mi raccomando: un solo ricordo, non il mix di tanti pensieri e tante esperienze. Prenditi il tempo che ti serve per cercarlo».

Camminò per un po' di secondi in silenzio. Poi riprese:

«Se non hai trovato un tuo ricordo, prova ancora. Datti il permesso di accedere alle miniere dei tuoi ricordi e di selezionare la pietra preziosa che ti serve».

Aspettò ancora un po', poi continuò:

«Ora guarda lo schermo della tua mente. Controlla che non ci sia nessuna proiezione in corso. Guarda che sia libero. Se è occupato, cancella quello che c'è. E proietta il ricordo che hai trovato. Sei tu la regista. Guarda attentamente ciò che vedi: se l'immagine è in bianco e nero o a colori, se è ferma o in movimento, se tu sei fuori o dentro. Guarda attentamente tutti i particolari di ciò che vedi. Poi ascolta. Ascolta se ci sono musiche, suoni, rumori, parole. Parole che ti dicevi dentro. Pensieri. Pensa intensamente a ciò che stavi pensando in quel momento. Poi senti. Senti se c'era caldo o freddo, senti se c'erano odori, profumi, sapori. Senti se c'erano sensazioni tattili, se qualcuno o qualcosa ti toccava o se stavi toccando qualcosa. Senti tutte le sensazioni del tuo corpo».

L'uomo fece un po' di silenzio. Poi chiese:

«Quanto è forte la tranquillità dentro di te ora da uno a dieci? Se è più di otto, lasciala scorrere per tutto il corpo. Se è meno di otto, cosa puoi fare per farla crescere? Puoi aumentare la luce dell'immagine? Ingrandirla? Rendere più grandi le cose o le persone? Oppure puoi soffermarti maggiormente sulle sensazioni del corpo? O pensare più intensamente i pensieri che pensavi?».

Fece qualche altro attimo di silenzio. Poi disse:

«Questa che hai ora nel corpo è tranquillità. È una tua risorsa, a cui puoi accedere quando vuoi. È una pietra preziosa della sterminata miniera dei tuoi stati emotivi. Allora come sarà la tua vita fra cinque minuti, dieci minuti, un'ora, un giorno, un anno, avendo sempre a portata di mano questa tranquillità? Come affronterai il resto della giornata?».

Il viso di Elisabetta venne rigato da una lacrima.

«Molto bene Elisabetta. Ora hai nel corpo un bello stato di tranquillità. Voglio che tu sappia una cosa: ricordi il tuo affare egiziano?».

Le antenne di Elisabetta si attivarono mentre annuiva.

«Bene. Ti farà piacere sapere che sei stata licenziata grazie a me. Sono io che ho chiesto esplicitamente la tua testa al tuo capo. Sono io l'affaire egiziano».

Alla parola «testa» tutto il corpo di Elisabetta fu come percorso da una scossa elettrica e si attivò. Con un unico balzo aveva superato la distanza che la separava dall'uomo e si era diretta dritta al suo collo digrignando i denti. L'intervento dell'uomo della sicurezza fu però subitaneo e afferrandola con due mani da energumeno riuscì a bloccarla per tempo.

«Maledetto!» urlava Elisabetta scalciando, trattenuta dalle possenti braccia. L'uomo sorrise. E disse:

«Lo vedi? Questo pensiero genera nel tuo corpo azione. Sei pervasa da una emozione. Ma tu pensi di esserne padrona o schiava?».

Ci volle un po' perché il demone emotivo che si era impadronito di Elisabetta si placasse. Aveva cercato di liberarsi mordendo e graffiando il ragazzo della sicurezza, lanciando sguardi carichi d'odio all'uomo che le aveva rubato il lavoro e la ragione di vita. Poi lentamente la rabbia si concentrò nei soli occhi e sembrò allentare il suo tentativo di divincolarsi e sembrava lasciarsi andare alle braccia dell'uomo della sicurezza. Che mano a mano che lei si calmava allentava la presa. Si ritrovò libera. E fu allora che l'uomo ripeté la domanda:

«Sei pervasa da una emozione. Ma tu pensi di esserne padrona o schiava?».

«In che senso?» chiese la ragazza un po' stordita.

«L'emozione che ti ritrovi nel corpo è tua alleata, è uno strumento a servizio di ciò che vuoi tu e dei tuoi obiettivi, oppure è lei che decide cosa farai tu?».

«Non volevo veramente aggredirti. Però…».

«Non volevi veramente aggredirmi» l'interruppe l'uomo, «però lo hai fatto. Quindi chi comanda, tu o l'emozione?».

Elisabetta annuì con la sottomissione che solo la consapevolezza sa creare in uno stato emotivo così forte. E rispose quasi sconsolata: «l'emozione».

«E allora guardala in faccia: è solo un'emozione!».

GIOVANNI

Giovanni aveva iniziato a fare l'esercizio di Elisabetta standosene seduto un po' in disparte. Aveva respirato, aveva cercato la tranquillità, aveva fatto tutto quello che quel barbone diceva di fare. Eppure la sua attenzione era divisa fra due poli. Da un lato non riusciva a decostruire del tutto l'immagine di quell'uomo che armeggiava con un coltello da cucina intorno al suo arnese. Anche se l'immagine era meno dolorosa era ancora lì. Ma si sorprese a scoprire che persino questa preoccupazione, che era tutt'altro che risolta, era sopraffatta dai pensieri che giravano intorno a Elisabetta. Dal momento in cui l'aveva vista si era accorto che lei era interessata a lui. Fatto non buono per uno che come lui aveva l'istinto del cacciatore. Quale cacciatore si divertirebbe se le prede si proponessero da sole? Ma non era solo quello ad assorbire la sua attenzione. C'era qualcosa che non andava in lui.

Mentre Elisabetta stava in piedi, alla mercé dei suoi occhi, la studiò come solo lui sapeva fare. E sotto quella t-shirt uguale alla sua, che uccideva qualunque spirito di sensualità, non trovò quello che cercava. Non c'erano seni rifatti come piacevano a lui e quel poco che sporgeva non aveva la consistenza di quelle ventenni a cui era appassionato. Era quasi certo che tra il seno e l'inguine non c'era la tartaruga che a lui tanto piaceva, ma al massimo un dorso di delfino mal curato. L'altezza non l'aiutava: era alta 1.68 senza tacchi, non aveva dubbi, aveva un metro installato negli occhi. E lui oramai si era appassionato a vichinghe che puntavano al metro e ottanta, con gambe lunghe e sottili e le cosce abbastanza tornite da lasciare fra loro una fessura. Di sicuro la gravità aveva fatto il proprio corso su quel corpo, con ogni cellula che iniziava a guardare con troppo interesse al pavimento. E poi non c'era un filo di trucco volgare, niente sopracciglia finte, niente labbra risistemate, niente capelli tinti di un colore fuori dalla naturalità.

La guardò stare al centro. Sarà stato quel suo muoversi sul filo dell'emozione, quello stemperare rabbia e tensione in mosse buffe che gli ricordavano i movimenti di un bambino piccolo, abbastanza da

91

fargli tenerezza. Eppure in quel momento Giovanni si sentì in contraddizione con se stesso. Da un lato vedeva che quella non era donna come lui voleva. Dall'altro sentiva un'attrazione che gli arrivava da una parte profonda di sé. Non da quelle budella che mischiavano animo umano ad animo suino, ma da una parte da lui poco frequentata, che gli ricordava che in fondo in fondo dentro era ancora un bambino.

Fu un'emozione nuova e strana quella che senza che l'avesse cercata circolò per il suo corpo. E concluse:

«Forse può diventare un'ottima amica».

Poi la vide per terra a lottare contro l'uomo della security. E lì anche il pensiero dell'amicizia si fece più sottile.

SABRINA

Sabrina stava camminando in strada, su un percorso che aveva percorso migliaia di volte. Cemento, alberi, mattoni, persone, cani, macchine, vetrine, vestiti. E sopra a tutto una montagna di pensieri. Stava cercando di ricostruire quello che era successo. Probabilmente era tutto un sogno. Si sentiva ben piantata con i piedi a terra, sulla strada che ogni giorno la portava da casa al centro. Tutto quello che era successo negli ultimi giorni le pareva nebuloso, una specie di ricordo dopo una ubriacatura. Non voleva pensarci e per quanto quei ricordi bussassero con insistenza alla sua attenzione lei continuava a guardare le vetrine e le persone e gli alberi e il cemento. E la piccola Lucia, che le teneva forte forte la mano, come se avesse paura di perderla. Vide una strana civetta che la guardava dal ramo di un albero. In pieno giorno.

«Mammina ho fame» disse a quel punto la bimba.

«Ti porto a fare merenda».

Ritornarono a casa in cerca di una qualche merendina confezionata e prodotta in milioni di esemplari, che però alla bambina sembrava unica e inimitabile. Poi Lucia si mise a disegnare. il soggetto di tutti i suoi disegni era sempre lo stesso: lei, Sabrina e il papà. Aveva fatto decine e decine di disegni della sua famiglia. E quando i suoi occhi erano puntati lì su quei fogli Sabrina aveva la libertà di rimanere sola con se stessa. Animata dall'onda di buone emozioni che si sentiva dentro salì di sopra ed entrò in camera. Era la prima volta da quel momento terribile. Non era più entrata nella sua stanza da letto. Subito come a flash le apparvero davanti agli occhi le immagini di quello che aveva visto: suo marito steso sul letto, una donna con un corpo molto bello coperto solo da un perizoma e un reggiseno, che cercava di uscire dalla finestra. Aveva un ginocchio già sollevato e piantato sopra l'apertura, stava scappando. In effetti lei non aveva visto suo marito tradirla. Ne aveva realmente la prova? Un piccolo barlume di speranza andò ad illuminare gli anfratti oscuri che aveva ricoperto di quella quiete posticcia. Scese di sotto piena di luce e vide sul tavolo la scatolina del barbone. Era già metà pomeriggio e ancora non aveva cinguettato, strano. Ma non fece in tempo a pensarlo che la scatola si aprì di scatto emettendo il suo solito fischio. Sabrina si precipitò a vedere la scritta:

«Quanto ti fidi dei tuoi sensi?».

Ebbe un tuffo al cuore. Anche la scatola magica del barbone le dava ragione. Forse i suoi sensi si erano effettivamente sbagliati. Forse in realtà l'amore della sua vita non la aveva tradita. Forse quella donna si era introdotta con l'inganno in casa, forse aveva cercato di sedurlo e lui aveva resistito fin dove aveva potuto, poi era arrivata lei in casa ed era scappata. O forse, magari, dietro c'era una storia di spionaggio, o chissà che altro. Forse non avevano consumato realmente. Ogni pensiero era come un mattone che costruiva il castello della sua speranza e del suo futuro radioso.

Quel pomeriggio lasciò spazio alla sera, una sera che stava tornando momento di ordinarietà, non fosse stato per l'assenza del marito, e la sera portò con sé lo squillo del telefono. Era l'amore della sua vita. Quello che forse non l'aveva tradita.

«Amore» le scappò dalle labbra, che subito si strinsero a mordersi, in un misto di senso di colpa e rabbia.

«Sabrina non sono ancora riuscito a parlarti. Ma ne ho un gran bisogno. Per tutto quello che è successo».

«Sì» rispose lei quasi interrompendolo, desiderosa di sentirsi dire che non l'aveva tradita, «bisogna che parliamo».

«Benissimo!».

«Ma al telefono» aggiunse lei un po' spaventata di rincontrarlo.

«Va bene. Sabrina, tesoro, tu sai che ti amo e che non ho amato nessun'altra donna né prima né dopo di te».

Come suonavano nutrienti quelle parole…

«Quello che è successo è stata solo ed esclusivamente una sbandata ormonale, solo corpo, e una volta sola…».

«Solo corpo?» chiese lei senza respiro, «quindi siete andati a letto».

«Sì, ma solo una volta».

Sabrina aveva messo giù prima ancora di sentire anche solo un'altra parola. E il telefono che continuava a squillare non avrebbe trovato il suo orecchio ad ascoltarlo. Le sue illusioni si erano infrante come uno specchio colpito da un sasso.

I suoi demoni ritornarono sogghignanti ad impadronirsi delle sue interiorità.

Ma allora ai sensi poteva credere o no?

«Quanto ti fidi dei tuoi sensi?» questa domanda venne scoccata dall'uomo e raggiunse con precisione le orecchie e gli occhi di Diamante. Ma non il suo naso e fu forse per questo che la ragazza si guardò bene dal rispondere, rinchiusa nel suo mondo fatto di odori.

«Ricordatevi una cosa: noi viviamo in noi stessi. Ciascuno di noi vive dentro se stesso, dove sintetizza tutte le proprie esperienze sensoriali e costruisce il proprio mondo interiore. Ognuno di noi è creatore della propria realtà e non ce n'è una uguale all'altra: per quanto ci sforziamo di banalizzarci, di rendere noi stessi uguali agli altri, l'ambiente che ciascuno di noi costruisce dentro di sé è una creazione originale ed inimitabile. Ma per quanto possiamo essere bravi ed originali creatori, tutto parte sempre dallo stesso punto».

Un silenzio interrogativo permeava la situazione. Fu interrotto dalla risposta sorridente a quelle domande non dette:

«I sensi. Tutto parte sempre dai sensi. Quelli ci accomunano tutti e funzionano tutti più o meno allo stesso modo».

Antonio annuì, soddisfatto di aver capito il ragionamento.

«Ecco perché voglio percorrere questo tratto di cammino con voi. Lasciate che questa luce del Mediterraneo filtrata penetri i vostri occhi e si porti fino al vostro cervello. Sentite l'aria umida di questo luogo chiuso, percepitela e fatela vostra. Sentite l'odore del legno con cui abbiamo ristrutturato l'edificio, riempitevi le narici. Poi ascoltate il rumore del vento dell'isola che là fuori soffia. Questi sono i vostri sensi. Quello che vivete ora è ciò che il vostro sistema vi sa dire della realtà che vi circonda. Questi sono gli elementi che costruiscono il mondo interno in cui siete ora».

Lasciò passare qualche secondo perché i più lenti potessero finire di collegarsi ai propri sensi. Poi andò avanti:

«Provate a immaginare», spiegò allora il barbone, «di avere un termometro, un barometro e un metro e di dover raccontare questa situazione solo con quei tre strumenti. Con il termometro potrete dire che ci sono 23 gradi di temperatura, con il barometro saprete che la pressione atmosferica è di un tot di bar e con il metro scoprirete che le pareti sono lunghe ottanta metri. Ma cosa potreste dire dei colori, degli odori, o dei suoni che sto emettendo con la mia bocca? Niente, non avete strumenti per percepirli. Per noi è uguale: abbiamo cinque strumenti – vista, udito, olfatto, gusto, tatto – e con quelli percepiamo ciò che riusciamo. Sulla base di questo costruiamo il nostro mondo interiore. E pensiamo che la realtà si fermi a ciò che i nostri sensi riescono a percepire, siamo convinti così di avere la verità in mano. Ma chissà quanta parte di realtà perdiamo, chissà quanti altri sensi potrebbero essere possibili! Chissà che mondo vede una mosca, che ha i sensi diversi dai nostri, o un pesce...».

L'uomo camminava avanti e indietro lungo la navata. Ma si fermò e chiese:

«C'è poi un'altra domanda da farsi: già che percepiscono poco della realtà, quello che fanno lo fanno bene? quanto sono affidabili i sensi che abbiamo?».

Quella domanda non sembrò colpire particolarmente nessuno di loro. Allora un ghigno soddisfatto apparve sul suo viso.

«Marcello!» chiamò. E dal presbiterio si avvicinò uno dei tre uomini dello staff che dall'inizio erano stati lì fermi nella penombra. Marcello scese le scale e con pochi passi fu al centro della navata, a fianco all'uomo.

«Non ci posso credere» mormorò Antonio. Elisabetta strizzò gli occhi per mettere a fuoco, Giovanni era a bocca aperta, mentre Diamante annusava perplessa l'aria.

«Qualcuno di voi conosce quest'uomo?» chiese il barbone sorridendo.

«Ma è mio cugino!» esclamò Antonio.

«È un cliente del mio ex studio» aggiunse Elisabetta.

«È un vecchio amico» disse Edoardo.

«Anche mio» aggiunse Giovanni.

«Non era il tuo consulente finanziario?» chiese l'uomo strizzando l'occhio a Jennifer.

«Non capisco come ho fatto a non accorgermene» concluse Diamante, «ma questo è il mio ex fidanzato».

«Ragazze! Ragazzi!» esclamò l'uomo, «Vedete quanto poco funzionano i nostri sensi? Fidanzato, amico, cugino, cliente... Non è una persona che non conoscete. E non è neanche travestito o camuffato. È una persona che ciascuno di voi conosce benissimo. Solo che era in un luogo dove non vi aspettavate che fosse. E quindi, solo per questo, nessuno lo ha visto. Eravate tutti intenti a fissare un punto, a guardare me, quando sarebbe bastato spostare lo sguardo e focalizzarsi laggiù per far saltare tutto il gioco. Ma nessuno lo ha fatto».

I ragazzi erano sbigottiti e guardavano tutti quella persona che conoscevano con un misto di stupore, rabbia ed anche un po' di disprezzo. Invece lui se ne stava lì, al centro dell'attenzione, con un sorriso che tagliava la sua testa quadrata da lato a lato. Un sorriso che conteneva parecchie storie che riguardavano ciascuno di loro e che lui sembrava avere tutta la voglia di raccontare.

JENNIFER

Jennifer era sempre rimasta discretamente fra le righe di quella strana commedia in cui si era trovata a fare insieme da spettatrice e da attrice involontaria. Fu quindi strano vederla alzarsi, compostamente e altrettanto compostamente dirigersi verso Marcello, che ancora sorridente si godeva il suo attimo di celebrità. Era a due metri di distanza quando accelerò di botto la sua andatura e con uno scatto si mise a correre verso di lui. Tutto avvenne in una manciata di secondi. Quando fu a meno di un metro di distanza dal ragazzo Jennifer saltò e girandosi in aria allargò fulmineamente le gambe, per poi stringerle in volo, con le braccia aperte a volo d'angelo, al collo di Marcello. Da quella posizione ripiombò verso terra, trascinandosi dietro il corpo del ragazzo, che finì per fare una capriola con tutto il corpo. Jennifer aveva le gambe saldamente strette al collo di Marcello, che si dimenava senza riuscire a liberarsi da quella posizione mortale.

«Brutto bastardo» disse con rapidità e freddezza Jennifer, «dove sono i miei soldi?».

Marcello cercava con le braccia di strappare via le gambe della ragazza dal collo, ma sentiva che non aveva via di scampo. Lo stava strozzando. Dovettero intervenire e lo fecero con tempestività, tutti gli altri membri dello staff per riuscire a staccare le gambe di Jennifer dal collo di Marcello. Il quale disse subito, con voce roca toccandosi il collo dolorante:

«Attenti, è campionessa di Vovinam viet vo dao, l'arte marziale vietnamita».

Ma tutte quelle braccia tennero a bada la rabbia orientale della ragazza.

«Jennifer» intervenne allora l'uomo, sotto lo guardo spaventato di tutti gli altri, «allora tutto quello che abbiamo detto sulle emozioni non ti ha scalfito un granché, eh? C'è qualcosa che vuoi raccontarci? Vuoi condividere con noi una storia?».

La ragazza stava ancora cercando di liberarsi dalla stretta che la teneva bloccata a terra, con due braccia per ogni suoi braccio ed una persona per ogni sua gamba ad evitare che la sua furia esplodesse ancora. Passarono parecchi secondi prima che Jennifer abbandonasse ogni tentativo fisico di liberarsi e dicesse sconfitta:

«Va bene. Lasciatemi andare e vi spiegherò cosa mi ha fatto quell'uomo».

Ad un cenno del barbone i quattro dello staff lasciarono braccia e gambe della ragazza, che si alzò in piedi e si risistemò i vestiti. Poi, con la stessa freddezza che aveva avuto durante l'aggressione, senza rivolgersi a nessuno in particolare, raccontò:

«Ho lavorato molti anni per organizzazioni internazionali. Avevo 23 anni quando sono andata in Congo, nella MONUSCO, l'agenzia dell'ONU, per aiutare quelle popolazioni martoriate da guerre e colonialismo. Avevo solo una cosa che mi muoveva: la voglia di aiutare quella gente. Negli anni ho visto quanto gli esseri umani sanno essere cattivi. Ero nella sezione dei diritti umani. Un giorno mi chiamano perché c'era un problema in una prigione a Kinshasa. Non ero mai stata in una prigione africana prima. Ho visto decine e decine di uomini sudati e malnutriti rinchiusi in un sotterraneo, al buio quasi totale, senza gabinetti o acqua corrente ed un caldo che da solo avrebbe già potuto uccidere. Ho vomitato l'anima. Un ragazzo rinchiuso lì sotto aveva avuto un forte mal di denti, forse per una carie, ma nessuno lo aveva aiutato. Così lui si è tolto il dente da solo. Ma qualcosa è andato storto e ha iniziato a perdere sangue a fiotti dalla gengiva. Quando sono arrivata il suo corpo era steso a terra a pancia in giù, in una pozza di sangue che continuava ad allargarsi. Era morto dissanguato là sotto, fra il caldo e gli escrementi di tutta quella gente. Di scene così negli anni a seguire ne ho viste a decine».

Fece una pausa e persino la sua freddezza fu per un attimo riscaldata da una velatura di lacrime negli occhi.

«Ho sempre saputo di poter fare la differenza, di poter aiutare un sacco di persone. E l'ho fatto. Ho girato varie agenzie internazionali. E così facendo ho guadagnato un sacco di soldi. Ma veramente tanti.

Prendevo dieci, quindici, persino venti mila dollari al mese. E in quei paesi è facile non spendere tanto. Così ho messo da parte una grossa somma. Veramente grossa. Visto che comunque continuavo a tornare in Italia dalla mia famiglia, ho deciso di farli gestire da un italiano, quell'uomo lì. Mi ha convinto a fare investimenti assurdi, titoli di Stato argentini, greci, aziende sull'orlo del fallimento... Di quella somma è rimasto poco o nulla. Ma la cosa grave non è questa. La cosa grave è che mi ha fatto capire che in realtà io stavo in giro per il mondo, con la copertura delle buone azioni, solo per fare danaro. Lui mi ha fatto capire che sono una avida, mi ha fatto vedere il mio lato peggiore. Così ho lasciato tutto e sono tornata in Italia, perché davvero non so più chi sono. E tutto questo lo devo a quell'uomo».

Gli sguardi spaventati degli altri avevano lasciato spazio allo smarrimento.

«Vede, è molto difficile per una donna capire la sessualità maschile».

Sabrina aveva deciso di fare una chiacchierata con l'unico maschio con cui si dava il permesso di parlare di temi un po' scottanti. Un prete. Aveva deciso di infilarsi in un confessionale di una chiesa dove non andava mai, con l'obiettivo di trovarne uno che non la conoscesse. Lo aveva trovato. L'unica cosa strana era che il confessionale non era altro che il muso di una apecar appoggiato alla parete. Ma perché le capitavano sempre cose così strane? Dalla voce il prete sembrava giovane e quindi piantato nel presente.

La ragazza voleva capire il marito. Le aveva detto che la amava, eppure l'aveva tradita. Come era possibile? La scatolina del barbone l'aveva aiutata: con il suo solito fischio si era aperta e le aveva fatto leggere questa frase: «la mappa non è il territorio». Così d'impatto non le aveva detto granché. Poi aveva cercato su google e aveva scoperto che era la frase di un tizio con un nome impronunciabile, Alfred Korzybski, fondatore della «general semantics». Fra mille paroloni aveva trovato una spiegazione semplice a quella frase: quello che tu chiami realtà è solo una fra le milioni di possibili interpretazioni. Tu hai una mappa con cui interpretare la realtà, ma la persona a fianco a te ne ha una diversa. E non è detto che la tua mappa sia più vera della sua. Con questa idea in testa aveva deciso che voleva provare a capire la mappa di suo marito.

Così, intrisa di semantica generale, si trovava ora in un confessionale di una chiesa cattolica a raccontare a uno sconosciuto il tradimento dell'amore della sua vita.

«La sessualità maschile è così diversa da quella femminile» iniziò a dirle il prete, dopo che lei gli aveva raccontato i fatti. «L'uomo è conquistatore per natura, la donna preda. La donna è l'angelo del focolare, l'uomo è sempre in mezzo a mille tentazioni».

Una vampata di rabbia le salì fin dietro alle orecchie. Avrebbe voluto rispondere, ma sapeva che avrebbe polemizzato. Ma quel flusso di parole che le si insinuava nelle orecchie no, non poteva ascoltarlo. Cosa ne sapeva poi lui di amori e tradimenti, di rapporti fra uomini e donne, che non aveva neanche una donna a fianco?

Lasciando che lui continuasse a raccontare la sua mappa, Sabrina si alzò silenziosamente ed uscì dalla chiesa senza neppure salutarlo. Salutò solo il padrone di casa con un veloce segno della croce. Ma uscita da quella chiesa aveva le stesse domande a pulsarle dolorosamente dentro. Qual era la mappa di suo marito?

Prese il coraggio a due mani e decise di parlare con suo fratello. Aveva fatto di tutto perché quello che era successo non uscisse dalle mura di casa e non si era decisa ancora a parlarne neppure con sua madre. Ma ora doveva confrontarsi con il fratello. Sapeva esattamente dove e quando trovarlo. Aspettò le 12.30 e si infilò in un bar del centro.

«Francesco ho bisogno di parlarti» gli disse senza preamboli piantandosi davanti a lui, che stava facendo aperitivo con degli amici in pausa dal lavoro. Lui la conosceva bene da quando erano bambini, per cui non si meravigliò. Ma non le risparmiò una faccia un po' scocciata.

«Non qui, ho bisogno di rubarti ai tuoi amici» e gli fece cenno di seguirlo.

E lui la seguì rassegnato.

Si ritrovarono da soli a passeggiare per una piazzetta.

«Francesco, ho bisogno di capire gli uomini».

Lui sorrise un po' beffardo. Il suo sorriso era sempre lo stesso. Fece un respiro come se dovesse entrare in scena. Poi disse:

«Beh te ne esci adesso con questa storia? Di solito le ragazzine si fanno domande del genere a 16 anni...».

Lo sguardo di Sabrina disse molto più di tante parole.

«Va bene» disse allora Francesco facendosi serio, «Ascolta, sarebbe ora che tu lo accettassi, arrivata alla tua età: gli uomini e le donne sono molto diversi. Specialmente per il sesso. Se un uomo tradisce una donna, la donna può riuscire a perdonarlo. Se è la donna a tradire l'uomo, il perdono è molto difficile. L'uomo ha bisogno di conquistare continuamente, ma poi non ci mette veramente il cuore. Pensaci: con che facilità gli uomini vanno a letto con una donna a pagamento?

Secondo te possono essere innamorati di lei? Non è con il sesso che l'uomo ti dimostra di averti dato il cuore, ma con la pazienza, la dedizione, la vita quotidiana condivisa... Quello è il suo modo di comunicarti che il suo cuore è tuo».

«Ah quindi il tradimento di un uomo è ben poca cosa» commentò piccata Sabrina con le braccia piantate ai fianchi.

«Non è questo il punto. E comunque sono stufo di parlare sempre di queste cose. Il fatto è che abbiamo un meccanismo dentro che ci ha messo la natura per proseguire la specie: noi dobbiamo inseminare. Chiunque. Se non ci fosse questo meccanismo la razza umana si sarebbe estinta con Adamo e Eva. Ma anche quando un uomo sceglie una donna, questo meccanismo rimane. Magari va più in fondo, magari una ragione sociale e familiare lo ovatta e a volte riesce a renderlo innocuo. Ma non darlo per scontato. La nostra battaglia è proprio quella di indirizzare questa pulsione verso un'unica persona, ma ti assicuro che è difficilissimo. Per questo poi il maschio fatica a perdonare una donna, perché sa quanto gli costa stare con lei. Ricorda bene: il sesso per gli uomini e per le donne è qualcosa di incredibilmente diverso. Per voi è scegliere e lasciarsi andare, per noi invece è conquista o scelta di non conquistare».

«Ma perché voi uomini dite tutti le stesse cose?» si chiese sconsolata Sabrina.

«Forse perché sappiamo come siamo fatti».

«La mappa non è il territorio, Jennifer. Però lo ammetto, ho sbagliato» disse Marcello davanti a tutti, «e ti chiedo di perdonarmi. Ma che tu fossi infelice e divorata dall'avidità e dall'ingordigia me ne ero accorto quando mi spronavi a fare investimenti ad alto rischio solo perché potevano essere ad alto reddito. È per questo che ti ho voluto premiare. Chi pensi che ti abbia fatto vincere questo corso gratuito? Se conoscevo la tua avarizia dovevo anche sapere come sfruttarla...» e le strinse l'occhiolino sorridendo. Anche se la gola gli faceva ancora male.

«Diamante» disse Marcello rivolgendosi direttamente alla ragazza, «tutto in realtà nasce per te».

Un brivido di rabbia e gelosia attraversò la schiena di Edoardo.

«Non mi fraintendere, non voglio riconquistarti e questa non è tutta una messinscena per tornare con te. Ma è stando insieme a te che ho capito che siamo molto più complessi di quello che pensiamo. Non ti ho mai detto grazie per questo, te lo dico ora. Quando ci siamo lasciati ho fatto una marea di corsi di benessere, di crescita personale, dalla meditazione buddista alla psicocibernetica. E la mia vita è cambiata. Ma se non avessi incontrato te non avrei mai iniziato il cammino verso me stesso. Tu sei stata capace di aprire le porte più chiuse della mia identità. Grazie».

Marcello si girò poi verso Edoardo:

«Edoardo, amico mio, noi ci conosciamo da tanti anni. Ci siamo conosciuti proprio quando io e Diamante ci siamo lasciati. Abbiamo condiviso la superficialità della vita borghese, ora siamo qui a condividere le profondità della crescita personale. Sono io che ho parlato con tuo padre e l'ho convinto a costruire un percorso per te. Entrambi sapevamo che senza una grossa spinta tu non ti saresti mai messo in discussione, saresti sempre rimasto nella tua zona di comodo ad impedirti di crescere. Mi prendo la colpa per il trauma che hai vissuto, ma chiediti: non era forse per il tuo bene?».

Edoardo rimase impassibile e distolse lo sguardo da lui. Una vampata di tristezza lo afferrò dalla testa ai piedi ed il suo sistema iniziò a rielaborarsi.

«Elisabetta, una parola anche per te». La ragazza fece un'espressione di evidente disagio. «Di esplosioni emotive ne abbiamo viste sin troppe nelle ultime ore, quindi Elisabetta ti prego di mantenerti calma. Ma lo hai capito vero che questo signore l'ho portato io allo studio? Hai capito che non è semplicemente un sadico che voleva farti diventare disoccupata, ma un tassello di un piano che ha coinvolto me, la tua famiglia e il titolare del tuo studio?».

Non vedendo tempeste in arrivo, ma solo un viso perplesso che abbassava gli occhi fece due passi in direzione opposta:

«Giovanni, quanto ci siamo divertiti io e te... La riviera romagnola, tutte quelle donne, quelle turiste che venivano lì solo per farsi conquistare e noi pronti a espugnarle... Ma la vita non può finire lì. Tu ti eri incartato in un loop da cui non riuscivi a venire fuori, avevi bisogno di una rottura. Ammetto che la scelta della circoncisione è stata un po' cruenta, ma visto che quello è un intervento che avresti dovuto fare lo abbiamo usato come grimaldello...».

«E tu Antò» disse rivolgendosi al cugino, «proprio non c'era verso di staccarti da quello scoglio a cui eri attaccato come una patella. Il tuo bene stava nell'andar via, nel riuscire a staccarti dalla roccia di quello scoglio. Ed eccoti qua, a Malta, insieme a tutti gli altri a dedicarti al viaggio dentro te stesso. Quest'uomo» continuò indicando il barbone, «ha cambiato la vita a me, a centinaia di altre persone e se glielo consentirete la cambierà anche a voi. E con questo non ho altro da dire».

Il barbone abbracciò Marcello con un viso commosso. Poi, mentre lui lasciava il centro dell'attenzione commentò:

«Lo vedete come funziona? Quando siamo convinti di conoscere la realtà, le carte si rimischiano e ne scopriamo inedite prospettive. Quando siete convinti di avere in mano la verità e di conoscere la realtà, ricordatevi sempre che la mappa non è il territorio. E che il territorio è molto più complesso di quanto la nostra anima più saccente vorrebbe farci credere. Dobbiamo superare l'idea di essere tutti superuomini che sanno tutto. E lo possiamo fare solo aprendoci alla molteplicità dei punti di vista. Solo usando gli occhi degli altri possiamo conoscere realmente noi stessi».

Quel pezzo di femmina lo aveva decisamente sorpreso. Antonio continuava a guardare Jennifer con un misto di stupore ed ammirazione. Letteralmente a bocca aperta. Dall'istante in cui si era reso conto che era stata capace di saltare per aria, afferrare al volo il collo di un uomo con le gambe, farlo volare a terra con una capriola aveva in testa una sola espressione: wonder woman. Quello che aveva appena visto gli sembrava uscito da un qualche film degli anni '70 o '80, o da uno di quei fumetti americani ancora più vecchi ed era finito nel suo cervello in quella parte che vede tutto circondato da uno schermo. La sua mente aveva iniziato a fantasticare di una eroina stilizzata dei fumetti che girava la città per combattere il suo acerrimo nemico, che era un misto fra un pinguino e un palestrato mafioso. Si rese conto di aver visto troppi film ma non per questo si sentiva meno euforico. Quando la ragazza tornò a posto nella sua maglietta verde non ce la fece a stare zitto e applaudendo come un bambino le disse:

«Ma tu sei veramente un mito».

Riuscì a strappare un sorriso imbarazzato ed un lieve arrossamento delle gote di quella femmina di ghiaccio. Con la quale tornò alla carica dopo che Marcello ebbe finito il suo discorso:

«Senti, Jennifer» le disse con il tono sicuro di chi non ha fini ludici o procreativi, «tu sei una gran donna, lasciatelo dire. Mi sento davvero onorato di essere insieme a te una squadra».

«Grazie» rispose lei compostamente, con l'atteggiamento di chi vuole interrompere un discorso con la sola arma della cortesia. Ma lui continuò con decisione:

«Abbiamo le magliette verdi e sai che il verde è il colore della speranza. Magari quest'anno andrebbe un po' più l'arancione, ma non facciamo sottigliezze. Alla fine qua dentro bastano due t-shirt uguali e già ci accoppiano».

Jennifer, per quanto ci provò, non vinse la battaglia contro i suoi muscoli facciali che reagivano a quell'ometto buffo e gli diede la soddisfazione di una esternazione del suo moto interiore.

«Massì dai tesoro» aggiunse lui teatralmente vedendola sorridere ed aprendosi completamente, «in un'esperienza strana come quella che stiamo vivendo bisognerà pur sdrammatizzare no?».

«Altroché».

«Allora, alla non più giovanissima avvocatessa hanno stappato la testa licenziandola, a me non dico cosa hanno strappato con tutti quegli articoli di giornale e quello sputtanamento generale, al milanese lì non ho capito bene cos'hanno fatto ma di sicuro è qualcosa di pruriginoso, mentre al latin lover romagnolo a momenti strappavano il pungolo dell'amore. E tu ti lamenti se ti hanno succhiato via un po' di soldi? Dai tesoro, non fare l'antica…».

Quel risolino che Jennifer aveva in qualche modo trattenuto di botto esplose come il tappo di una bottiglia di champagne. E regalò ad Antonio una spumeggiante risata. Di certo della miglior marca e della migliore annata.

SABRINA

«Mamma, non so che fare».

Quelle parole emersero come un isolotto di razionalità in un fiume emotivo di lacrime che sgorgavano senza sosta. Sabrina si era decisa a parlare con sua madre.

«Tesoro, lo so che stai male, lo sento. Ma ti salta fuori tutto adesso, tutto d'un botto? Vuoi raccontare qualcosa alla mamma?».

I singhiozzi raccontavano il suo dramma interiore. La madre la abbracciò con il suo corpo anziano e vissuto e riuscì a calmarla un po'.

«Mamma sto malissimo. Quanto si può star male per un uomo...» le disse rannicchiata su di lei.

«Lo so».

«Cosa vuoi sapere tu di uomini» reagì piccata, «che hai avuto il babbo vicino e siete sempre stati voi due! E se non fosse morto sarebbe ancora lì, a prendersi cura di te!».

La mamma rimase in silenzio ma il suo corpo si irrigidì. Sabrina se ne accorse subito.

«Non ti avrà mica tradito?» chiese allora tirandosi su di botto, come tratta da una improvvisa ed inaspettata intuizione.

«Tesoro, la vita è complessa. Io sono stata tanto fortunata ad avere voi e anche il babbo che mi è stato a fianco per tanti anni. Non avrei mai potuto mandare tutto per aria per una sbandata...».

«Il babbo ti ha tradito?» chiese con uno stupore che interruppe le lacrime e la fece diventare dura come un ghiacciolo.

«No. Ma io ho avuto un altro uomo».

L'ultima statuina di cristallo del mondo perfetto di Sabrina si frantumò di botto in mille pezzi.

«Sai, ci siamo sposati da giovani, era poi un altro mondo. Io avevo già avuto te, avevi circa quattro anni e in un momento di grande noia e stress per la routine mi sono lasciata sedurre da un uomo. Era bello e ci sapeva fare. Uno sciupafemmine. Mi lasciai sciupare. Quando lo dissi a

110

tuo padre se ne andò di casa per un mese. Non ho mai saputo dove è stato o cosa ha fatto. Quando è tornato ci siamo guardati negli occhi, ci siamo abbracciati, baciati e... di lì poi è nato Francesco».

Le lacrime di Sabrina avevano interrotto il loro corso. Ma quell'informazione l'aveva sconvolta. In quell'esatto momento, prima che il cervello potesse iniziare la sua corsa lungo praterie sterminate costellate di pensieri, sentì il cinguettio dell'uccellino. Si alzò e si precipitò a prendere la scatola, lasciata sul divano.

«Il nome che dai alle cose trasforma le cose stesse» ci trovò scritto dentro.

Come una tromba d'aria tutti i pensieri iniziarono a vorticarle intorno e a farle perdere ogni appiglio ed ogni punto di appoggio. Sua madre aveva tradito suo padre. E probabilmente anche viceversa. Come avevano fatto a perdonarsi? Vide immagini di sua madre fra le braccia di un altro uomo, sentendo un forte disgusto nell'addome. Vide i genitori che si riabbracciavano e sentì dentro un calore e una soddisfazione che la pervase.

Tradimento. Matrimonio. Amore. «Una sbandata». Così sua madre aveva chiamato ciò che aveva fatto al marito. E chiamandola così erano riusciti a tornare insieme. «Il nome che dai alle cose trasforma le cose stesse». Quindi se avesse chiamato ciò che suo marito aveva fatto «sbandata» invece di «tradimento» sarebbe cambiato qualcosa? E a cosa dava il nome di «famiglia»? A una perfetta nave di gran lusso capace solo di stare dentro una bottiglia, o a una barca meno perfetta ma capace di superare le tempeste?

«Sabrina, che succede?».

Era passato il tempo di un respiro, ma così tanti pensieri si erano affollati nella sua scatola cranica. Ora la mamma la guardava da dietro, mentre la scatolina si richiudeva nel suo mistero.

«Niente, mamma. Ho solo bisogno di trovare le parole giuste. Devo dare il nome giusto a quello che sta succedendo».

«Sì tesoro, credo proprio che sia ora che tu inizi a farlo».

EDOARDO

«Il nome che dai alle cose trasforma le cose stesse» disse l'uomo con un pizzico di teatralità, « e fra poco vi mostrerò come. Edoardo preparati. Prima però…».

Fece un cenno a Marcello, che prese da dentro la borsa un sacchettino avvolto in una carta bianca e lo porse al barbone.

«Scusate ma è da un po' che parliamo e ho bisogno di mandar giù qualcosa».

Prese un paio di manciate di semini rossi che c'erano dentro e se li ficcò in bocca. Prima masticò distrattamente quello che aveva fra i denti. Poi si rese conto di aver dimenticato qualcosa e masticando passò a porgerli a ciascuno di loro.

«Scusatemi, non abbiamo organizzato molto bene le pause e i pasti. L'uomo è ciò che mangia.. Qualcuno vuole favorire un po' di questo?».

Edoardo, Giovanni, Elisabetta infilarono la mano dentro e la tirarono fuori con una manciata di semini rossi, che si misero in bocca. Vedendo le facce che da incuriosite dopo l'assaggio diventavano soddisfatte, anche gli altri chiesero dei semi.

«Buoni questi semi, saporiti. Cosa sono?» chiese Giovanni.

L'uomo tolse l'incartamento bianco e mostrò loro il sacchetto, su cui c'era il disegno di un ratto e la scritta «veleno per topi».

Giovanni si affrettò a sputare quello che aveva in bocca, seguito subito da Edoardo, mentre Elisabetta sentì un conato di vomito prenderla allo stomaco.

L'uomo sorrise e prendendone un'altra manciata disse:

«Vedete signori e signore? Ho appena dimostrato che la gente non mangia solo il cibo, ma anche le parole, e il sapore del primo è spesso influenzato dal sapore delle seconde».

Poi aggiunse, guardando Elisabetta che cercava di vomitare quello che aveva ingerito: «state tranquilli, sono bacche di goji, danno lunga vita e tanta salute. Ma è bastato chiamarle «veleno per topi» e il vostro corpo le ha rigettate. Pensate un po' a che importanza hanno le parole che usiamo… Chiama una persona «amico» e ti fiderai di lui. Chiamala «nemico» e anche quando verrà ad aiutarti tu la respingerai».

L'uomo parlava continuando a mettersi in bocca quelle strane bacche. Prima che la calma e la chiarezza si fosse potuta depositare, disse:

«Ora, amici miei, lavoreremo dentro la vostra scatola cranica. Devo insegnarvi a fare pulizia là dentro, perché la qualità della vostra vita dipende dalla qualità dei vostri pensieri. Pensateci: oggi la nostra civiltà ha raggiunto grandi consapevolezze sull'ecologia, sulla responsabilità che ciascuno di noi ha verso il mondo che abitiamo. Per cui tutti insieme cerchiamo di inquinare di meno, di ripulire ciò che si inquina, di sfruttare in modo consapevole le risorse. Una cosa bellissima. Eppure il primo ambiente in cui viviamo è il nostro mondo interiore, quello fatto da pensieri ed emozioni. E lì lasciamo che ci sia il peggiore smog del logorio del nostro pensiero, scorie radioattive di esperienze non bonificate, disordine e caos lasciati al caso; poi sfruttiamo fino all'esaurimento alcune risorse ed altre neppure le andiamo ad esplorare. Invece di goderci dei pensieri a chilometro zero, frutto dei campi della nostra mente, ci andiamo ad inquinare con idee prese chissà dove. E alla fine magari ci lamentiamo se non siamo in equilibrio con noi stessi, se ci ammaliamo, se non siamo felici. Basta. C'è chi lascia che questo processo sia inconsapevole, lascia che sia qualcun altro a scegliere quali pensieri tenere nella propria testa. E c'è chi invece, come noi, sceglie di essere padrone e responsabile di ciò che sta nella propria mente. Serve ecologia nel proprio cervello. Non possiamo riempirlo di scorie che ci fanno star male nelle emozioni, ci fanno ammalare e ci fanno vivere una vita che neanche vogliamo. O meglio, possiamo anche farlo. Ma che razza di vita ci condanniamo a vivere poi? Sulle emozioni abbiamo lavorato prima. Ora lavoriamo più in alto, nei pensieri».

Li squadrò tutti. Poi chiese:

«Ora vi chiedo di usare la mente. E sapete bene che la mente umana è come un paracadute: funziona solo quando è aperta. Allora Edoardo, sei pronto a dare il nome giusto alle cose? Vieni qui, a fianco a me».

Il ragazzo sembrava impassibile, ma anche dietro a quell'apparente calma traspariva grande disagio. Era convinto fosse tutto inutile, perché quell'uomo gli leggeva nella mente. Servì qualche secondo di troppo perché il suo corpo si alzasse e andasse a fianco all'uomo.

«Edoardo sei felice?».

Il ragazzo si rese conto che non si era mai veramente posto quella domanda. Senza pensarci troppo con l'intuito di quel momento rispose:

«No».

«Vorresti essere felice?».

«Certo».

«Bene, cosa stai facendo per diventarlo allora?».

Edoardo pensò ai suoi soldi, alla sua macchina alla sua famiglia, alle persone che lo circondavano. In un attimo visualizzò le sue giornate tipo, le sue attività. E si rese conto che non aveva una risposta per quella domanda.

Il barbone lo incalzò:

«Se non ci pensi tu, 24 ore al giorno, alla tua felicità, chi pensi dovrebbe occuparsene?».

«Hai ragione».

«Che cos'è per te la felicità?».

«La felicità... beh... stare bene...».

Mentre balbettava ebbe la consapevolezza che neanche questa domanda se l'era mai fatta veramente.

«La felicità è realizzarsi» esplose cercando una risposta pronta.

L'uomo lo guardò di lato con un sorriso beffardo e due occhi pungenti come punte di pugnale.

«Se ti chiedessi cosa hai fatto nella vita per realizzarti cosa mi racconteresti? Che sei arrivato allo schema 290 a candy crash saga?».

«355» rispose con un velo di amarezza il ragazzo.

«Cos'hai fatto nell'ultima settimana?» gli chiese allora.

«Beh, sono stato a Milano. Delle gran cene. Ah, poi sono stato un giorno a giocare a golf vicino a Como insieme a Marcello».

«Bene. Quale fra queste attività rientra nel 'realizzarsi' ».

Edoardo si rese conto di quanto fosse desolante dover rispondere «nessuna».

«Benissimo», commentò l'uomo, «hai scelto con libertà di non fare niente per seguire il tuo desiderio di diventare felice realizzandoti. È questo ciò che vuoi?».

Edoardo iniziò a guardare in basso pensieroso.

«Vuoi continuare a fare delle gran cene, a giocare a golf, a stare a Milano sulla tua Lamborghini, a pippare coca, mentre il tempo passa, pian piano invecchi e prima o poi ti ritroverai alle soglie della morte con i capelli bianchi, il naso rovinato dalla droga, la pelle incartapecorita e la consapevolezza di non aver fatto nulla per essere felice?».

Edoardo accusò visibilmente il colpo.

«Questo vuoi? Che sulla tua tomba ci sia scritto: 'Poteva essere felice, ma ha preferito fare altro'?».

«No» disse Edoardo tenendo lo sguardo basso.

«Nella vita» prese a dire il barbone, «in ogni istante dobbiamo scegliere se essere rocce o spugne. Quando scegliamo di essere rocce ciò che ci circonda ci potrà forse bagnare, scaldare, raffreddare, sporcare. Ma noi restiamo gli stessi, non ci facciamo realmente cambiare dalla realtà. Quando scegliamo di essere spugne invece assorbiamo nelle nostre profondità tutto ciò che ci circonda. A volte è bene essere spugne, altre volte è meglio essere rocce. Non possiamo sopravvivere al male del mondo ed assorbire tutto, ma una vita nell'impermeabilità della roccia è una vita poco vissuta. Non è facile mantenere l'equilibrio giusto. Ora vuoi che questa esperienza finisca per scorrerti addosso, con tutto il resto della tua vita, o vuoi viverla assorbendone le potenzialità di cambiamento?».

Edoardo rimase impassibile. Pensava che il suo sì venisse letto nella mente.

«Bene. Vuoi eliminare i nemici che ti stanno sabotando in questo desiderio di felicità? Vuoi trovare il nome giusto per te?».

Il ragazzo annuì.

«Allora» disse l'uomo allargando le braccia in senso interrogativo, «quale nome ti dai? Chi sei?».

«Sono un ragazzo che sta bene».

L'uomo lo guardò imperturbabile.

«Un ragazzo ricco».

Lo sguardo dell'uomo rimase tale e quale.

«Un fortunato membro dell'elite... Una persona che vuole realizzarsi...».

Quegli occhi non si mossero. Edoardo si fermò un attimo, abbassò lo sguardo. Poi lo rialzò e disse con rabbia:

«Cazzo, io sono Edoardo».

Le labbra dell'uomo si aprirono in un sorriso.

«Sono Edoardo!» esclamò. E gustò quel nome fra le labbra.

«Sono Edoardo!» gridò con gli occhi lucidi, abbattendo per un istante tutte le difese sociali e culturali che lo tenevano protetto dentro di sé.

Il barbone lo abbracciò. E lo tenne stretto a sé. Un barbone che teneva fra le sue braccia un figlio ricco di una società ricchissima.

«Darsi il nome giusto fa la differenza. Il nome che dai alle cose trasforma le cose stesse. Figurati il nome che dai a te stesso...»

Edoardo tornò al suo posto nella sua maglietta bianca. C'era Diamante lì ad aspettarlo. La ragazza aveva lo sguardo perso, come se non avesse visto né sentito nulla di quello che era successo.

«Edoardo!» esclamò come a scoppio ritardato, «finalmente ecco il tuo vero odore».

Il ragazzo provò ad annusarsi e si rese conto che aveva sudato. Ma non una di quelle sudate che si fanno in palestra o quando a Milano arriva troppo caldo. Piuttosto un sudorino freddo, che coinvolge brividi alla schiena e un disagio profondo. Era inzuppato di sudore e sensazioni che gli erano emerse dal profondo del ventre. Aveva sudato freddo, caldo, pungente, a scrosci. Aveva avuto vampate di calore, di gelo, irrigidimenti muscolari e spasmi intestinali. Aveva riempito e svuotato lo stomaco di acido, aveva drizzato tutti i peli, digrignato i denti, perso e ritrovato la salivazione. Ora stava mescolando tutto con le endorfine ed altre secrezioni del suo corpo che producevano quiete e rilassamento.

Ecco, a quel sudore Edoardo non era decisamente abituato. Eppure ora ne era inzuppato e la cosa gli stava già facendo salire un disgusto profondo, unito alla voglia di una bella doccia.

«Mi piace il tuo odore» disse in mezzo all'aria Diamante.

Edoardo rimase un attimo interdetto. Lui su questo era sempre attentissimo: faceva spesso due docce al giorno e dopo ogni doccia spruzzava sotto le ascelle prima un deodorante a base di talco, che assorbiva tutti gli odori, poi un deodorante di Ralph Lauren, che dava freschezza. Infine metteva abilmente un profumo, che a volte era di Sergio Tacchini, altre volte di Paco Rabanne piuttosto che di Moschino, che doveva rappresentare l'odore della giornata. Diamante non gli aveva fatto nessun apprezzamento sui suoi profumi, anzi lo aveva allontanato. Ma ora che era sudato e puzzolente gli diceva che le piaceva il suo odore.

«Diamante, ma ho sudato» rispose allora perplesso.

Lei guardò in aria qualche secondo. Poi replicò:

«Cosa c'è di tuo in un odore sintetizzato con sostanze chimiche chissà dove e chissà da chi? Il tuo odore è quello della tua pelle, dei tuoi capelli, del tuo sudore, del tuo fiato. Tu copri gli odori del tuo corpo con sostanze sintetizzate in fabbrica. Ti vergogni persino dell'odore della tua bocca, infatti ho sentito che da quando siamo qui hai masticato almeno tre chewingum alla menta. Ma se continui a nascondere chi sei veramente finirai per confonderti anche tu. E non consentirai mai agli altri di scoprire chi davvero sei. Per quanto puzzolente o brutto ti possa sembrare il tuo odore è quello!».

Stette zitta un attimo. Poi aggiunse:

«Adesso ho sentito chi sei. E mi piaci».

Poi sorrise. Quel sorriso sapeva di sole, mare e aria pulita. Edoardo sentì un'emozione alla bocca dello stomaco che si sommò alle tante che erano già in circolo per tutto il corpo. Non riuscì a fare a meno di mettersi in ginocchio e avvicinare lentamente il suo viso a quello della ragazza. Lei stava ferma, immobile, mentre inesorabilmente le labbra di Edoardo si avvicinavano alle sue. Finché si sfiorarono dolcemente. Fu solo un rapido accenno di bacio, che Edoardo, confuso, interruppe arretrando.

«Che fai, mi baci?», chiese Diamante trattenendo un risolino.

«Sì... no... non lo so... non così...».

E scappò lontano.

Diamante aveva baciato certo più di un uomo nella vita. In un certo periodo di sperimentazioni non si era fatta mancare proprio niente ed aveva partecipato a pratiche in cui di uomini ce n'erano parecchi tutti insieme. Eppure il sapore di quelle labbra in un bacio che quasi non era esistito le aveva provocato molte più emozioni di quante gliene avessero messe dentro le introiezioni multiple e continue di carne umana a cui le era piaciuto sottoporsi nel passato. Sentiva una strana agitazione. Qualcosa che era partito dalle labbra, per poi finire nella pancia profonda per invadere poi tutto il resto del corpo. Questo agitarsi si verbalizzò in breve in una domanda che arrivò a bussare alla sua testa: che nome si dava lei? Come si chiamava realmente? Si toccò le braccia martoriate dalle ferite che si auto infliggeva. Ci passò sopra le dita, sentendo il suo corpo trafitto fuori da ciò che si agitava dentro. E si rese conto per la prima volta nella sua vita che il nome che aveva deciso di darsi non le piaceva per niente.

«Mammina perché piangi?».

Lucia accarezzava i capelli di Sabrina come fosse una delle sue bamboline.

«A volte le mamme soffrono».

«Perché non c'è papa? Quando torna?».

Sabrina alzò gli occhi e si ritrovò dentro quelli di sua figlia. Si asciugò le lacrime e regalò a Lucia un sorriso talmente forzato che fu la bambina a iniziare a piangere.

«Su tesoro, su, non è successo niente».

Tenendosela stretta il pianto diminuì. Ma si rese conto che tutti quei pensieri spingevano forte per venire fuori. Nel giro di pochi giorni aveva scoperto che suo marito era stato a letto con un'altra donna, che sua mamma aveva tradito suo padre e che troppe cose che dava per scontate in realtà così scontate non erano. Con un'ironia che si beffeggiava di lei si rese conto che il problema non era più tanto il marito con quell'altra donna. Il problema era che il mondo in cui aveva vissuto fino a quel momento esisteva solo nella sua testa. Sentì il cinguettio della scatolina del barbone. Ma stavolta non si fiondò a vedere cosa le dicesse. Troppe cose da gestire, troppi pensieri. Non ne voleva aggiungere altri. Rimase ancora un po' abbracciata a Lucia. Poi capì che era il caso di sdrammatizzare o la bambina avrebbe tramutato tutto quello in un trauma.

«Lucy, andiamo a fare un bel giro fuori?».

La bambina annuì forte, scuotendosi via le lacrime.

Le due camminarono per le loro strade chiacchierando di cartoni animati, di principesse e di canzoni. C'era un cielo strano, sopra di loro, un cielo che appariva irreale.

«Da grande voglio fare l'avvocato» sentenziò ad un certo punto la bimba.

«Non vuoi più diventare artista?».

Ci pensò un po', poi rispose:

«Voglio fare l'avvocato d'inverno e l'artista d'estate. Però vorrei anche andare in Africa ad aiutare i bambini che hanno fame».

Questa frase regalò a Sabrina un sorriso.

Furono momenti come tanti altri, un pomeriggio sereno, come un'isola di quiete in un mare in tempesta. Come se nulla fosse cambiato. Dopo il gelato di rito ritornarono a casa. In quella casa in cui rimbombava il vuoto lasciato dall'uomo. Lucia si mise a guardare la tv, Sabrina decise che era il caso di mettere un po' d'ordine in quelle stanze. Chissà che mettendo ordine fuori non ne arrivasse un po' anche dentro. Ma prima che questo potesse succedere tornarono le lacrime. Di botto sentì come una bolla esplodere dentro. Una bolla che le portava in ogni angolo del corpo la convinzione che in fondo era colpa sua. Era colpa sua se il marito aveva sentito l'esigenza di trovare un'altra donna. Colpa sua se le cose erano rimaste per così tanti anni nell'oscurità. Prese il cellulare e fece il numero di sua madre. Non riuscì ad articolare neanche una parola, solo due singhiozzi prima che dall'altro capo la mamma dicesse, sibillinamente:

«Tesoro, se non impari a perdonare gli altri non perdonerai mai neppure te stessa».

Buttò giù bofonchiando un «grazie».

Perdonare. Facile a dirsi. Ma per farlo doveva lottare contro il suo orgoglio che si stagliava come un monte infinito da scalare fino alla cima. Sentiva nella pancia più profonda che non era capace di perdonare una cosa così grave. Sì, va bene, se invece di chiamarlo tradimento lo chiamava sbandata pesava meno. Ma perdonare... Come avevano fatto i suoi genitori?

Mentre pensava a queste cose vide la scatolina del barbone su un mobile. Era ancora aperta. Ancora aperta dopo tutte quelle ore... La prese e ci vide scritto dentro:

«Se qualcun altro lo ha fatto puoi benissimo farlo anche tu».

Con un fuoco di soddisfazione che le avvampava dalla schiena si ritrovò la scatola che si chiudeva di botto, schiacciandole pure un dito.

Ma se anche in pochi secondi si ritrovava con un dito ammaccato in più, aveva immediatamente capito con chiarezza cosa avrebbe dovuto fare.

«Antonio vuoi lavorare con le parole anche tu?».

Il ragazzo si girò a guardare Jennifer, che annuì in segno di incoraggiamento. Si alzò lentamente come un orso che esce dal letargo e andò un po' ballonzolando vicino al barbone.

«Allora, Antonio, vuoi diventare ricco?».

«Ricco?».

«Sì, ricco come tuo cugino Marcello. Vuoi fare un sacco di soldi?».

«Mah, non lo so… Perché questa domanda?».

«Fino a quando troverai scuse per non rispondere al tuo desiderio di danaro? Fino a quando lo considererai un nemico senza neanche averlo conosciuto?».

Antonio sembrava impassibile.

«Fino a quando farai finta di non doverci fare i conti? Allora, vuoi diventare ricco?».

«Sì, credo di sì» rispose Antonio con un filo di voce.

«Sì, anche Bill Gates deve aver avuto il tuo stesso entusiasmo per arrivare dove è arrivato… Prima che chiunque altro al mondo ci creda…ci devi credere tu. Riproviamo: vuoi diventare ricco?».

Antonio tornò a guardarlo negli occhi, alzò una spalla e disse con voce flebile:

«Sì».

«Con tutta questa energia di sicuro sbaragli tutti gli squali del mondo degli affari». Alzò un po' la voce e chiese:

«Vuoi diventare ricco?».

Antonio continuò a guardarlo negli occhi un po' innervosito e rispose fra i denti, con voce un po' più alta:

«Sì».

«Coraggio!» replicò a voce alta il barbone, quasi urlando, «se vuoi riuscire tira fuori le palle! Vuoi diventare ricco?».

«Sì» rispose deciso.

«Più forte!».

«Sìì».

«Ancora più forte!» urlò con le mani alzate.

«Sìììì!» gridò con tutto il fiato che aveva in petto Antonio.

Anche il cagnolino si mise dalla sua parte iniziando ad abbaiare in modo buffo.

Il barbone lo guardò con occhi soddisfatti. Poi, come se nulla fosse successo, dopo aver un attimo barcollato, con voce pacata e tono calmo gli chiese con faccia interrogativa:

«Allora cosa stai facendo per diventare ricco?».

Quella domanda suonava particolarmente strana, visto che era fatta da un barbone.

«Beh» rispose spiazzato Antonio, «nel passato ho mandato in giro molti curriculum...».

«Certo. Mandare in giro curriculum» replicò freddo il barbone. «Un metodo di sicuro efficace. Deve aver fatto così anche Mark Zuckerberg».

«Che c'entra...».

«Zuckerberg è ricco?».

«Beh, sì, non è quello che ha inventato facebook?».

«Quindi vuoi diventare come lui».

«Beh no... cioè sì ma...».

«Sì... no... Mi sembravi convinto prima. Mi hai detto che vuoi diventare ricco».

«Sì, voglio diventare ricco. Ma in realtà forse no».

«Cosa ti impedisce di voler diventare ricco? Cosa pensi delle persone ricche?».

Antonio ci pensò un attimo. Poi rispose: «sono una manica di stronzi».

«Ti sta simpatica Jennifer?».

«Oh, sì, molto» rispose con il viso che si illuminava, «una gran donna».

«Ed è stronza?».

«Direi proprio di no».

«Eppure è ricca».

«Sì… no… Vabbè che c'entra… Forse ci sono ricchi stronzi e ricchi non stronzi. Neanche Marcello è stronzo. Almeno lo credevo prima che ci incastrasse tutti qui…».

«Quindi potresti diventare ricco e non essere stronzo?».

«Non ci avevo mai pensato».

«E se ci pensi cosa ti dici?».

«Che voglio diventare ricco. Anzi…» e si interruppe. L'uomo lo guardò con faccia interrogativa. Passò qualche secondo e con evidente vergogna Antonio disse:

«È sempre stato il mio sogno ma non ho mai avuto il coraggio di seguirlo. Per quello vivo una vita di frustrazione».

«Qualunque nostro sogno può diventare realtà se abbiamo il coraggio di perseguirlo».

Poi però aggiunse:

«Perché un sogno diventi realtà dobbiamo essere capaci di trasformarlo in razionalità, in parole. Ce lo dobbiamo comunicare. Giochiamo un po' con le parole per costruire un pensiero solido dentro la tua testa fondandolo sul tuo sogno. Come formuleresti in una frase il tuo sogno?».

Antonio ci pensò un attimo. Poi rispose, muovendo goffamente le braccia:

«Non voglio più essere povero».

«Ok. Ricordati che il cervello non lavora bene con i «non», fa fatica a decodificarli».

«In che senso?».

«Non pensare ad una balena viola. A cosa stai pensando?».

«Ad una balena viola».

«Ok. Riformula la frase in senso positivo».

«Voglio diventare ricco, schifosamente ricco».

L'uomo lo guardò sorridendo poi gli chiese:

«Già meglio. Dobbiamo però trasformare questa frase in una espressione misurabile, altrimenti il cervello fa fatica a capirla bene. E se non capisce bene non fa partire i meccanismi per far diventare la frase realtà. Quanto è «schifosamente» ricco»? Quanto vuoi guadagnare?».

«Tanto».

«Quanto è tanto?».

«Non saprei…».

«Se non lo sai tu a chi devo chiederlo?».

Il ragazzo si fece pensieroso per qualche secondo. Poi rispose, con evidente vergogna sulle guance: «Penso un milione di euro».

L'uomo lo guardò con la faccia di chi avrebbe moltissime cose da dire, ma usa misericordia per non farlo. Disse solo:

«Riformula il tuo sogno usando questa cifra».

«Voglio avere un milione di euro».

«Bingo. Questa frase è la prima chiave per far diventare il tuo sogno una realtà concreta e misurabile. Abbiamo esercizi che arrivano dalla psicocibernetica, dalla psicosintesi, dalla neuro-semantica e da altre discipline che possono trasformare in vita il tuo sogno ed ora li faremo. Pensi sia possibile?».

«Eh, molto difficile».

«Sai se qualcuno nel mondo ha mai guadagnato un milione di euro?».

«Eh certo, un sacco di gente».

«Se qualcun altro lo ha fatto perché tu non dovresti farcela? Come vuoi farlo questo milione di euro?».

«Vorrei essere un grande imprenditore».

«Antonio cosa pensi di te?» gli chiese il barbone a bruciapelo.

Antonio fu un po' spiazzato. E rispose a mezza voce:

«Credo di essere un bravo ragazzo».

«E secondo te per essere un grande imprenditore serve un bravo ragazzo?».

«No. Serve uno con le palle» rispose imbarazzato.

«E quindi come pensi di diventare un grande imprenditore se pensi di essere un bravo ragazzo?».

Antonio balbettò qualcosa di incomprensibile. Che fu sovrastato dalle parole solenni del barbone:

«Noi diventiamo ciò che pensiamo di essere. Se pensi di essere un bravo ragazzo, diventerai un bravo ragazzo. Se pensi di essere un fallito, fallirai. Se pensi di essere una persona stupenda, tutto il tuo sistema lavorerà perché tu diventi una persona stupenda. Io, per esempio, ero convinto di essere una persona estremamente elegante. E infatti...».

La risata collettiva rallegrò quella gente che guardava il barbone mettere in mostra i suoi vestiti logori e sudici.

«Non sottovalutate mai la forza dei vostri pensieri. Ma per capirli bisogna vederli nella loro complessità. Sapete che spesso sono subdoli. Guardate qua: Antonio, se vuoi essere un grande imprenditore, perché non lo sei ancora diventato?».

«Perché nessuno ha ancora creduto in me».

«Quindi qual è il pensiero che hai in testa? Che nessuno...».

«Crede in me».

«Ripetilo per intero».

«Nessuno crede in me».

«Proprio nessuno? Nessuno ha mai creduto in te?».

«Beh... sì, in realtà mia nonna credeva tantissimo in me».

«Allora chi è che non crede in te?».

«Mio padre. Lui qualunque cosa io voglia fare mi dice che non sono in grado, che non ci riuscirò».

«Quindi quel «nessuno» in realtà è «mio padre»».

«Sì».

«E quindi tu vivi in questo mondo pensando che nessuno dei 7 miliardi che siamo creda in te, quando in realtà l'unico che non crede in te è tuo padre?».

Il ragazzo fece una faccia sorpresa.

«Capite come i pensieri facciano di tutto per nascondersi alla nostra vista e cerchino di sfuggirci? Antonio non è diventato un grande imprenditore solo perché pensa che suo padre non crede in lui. È questo quello che vuoi?».

«No!» esclamò deciso Antonio stringendo i pugni.

«E quindi cosa pensi di fare per cambiare?».

«Credere in me stesso. Io credo in me stesso e questo mi basta». Antonio digrignò i denti.

«Avete visto come basta cambiare un pensiero e subito cambiano anche le emozioni? Come era pacato e sornione quando è salito sul palco pensando che suo padre e quindi nessuno credesse in lui. Guardate come esprime la sua grinta ora che pensa di credere in se stesso».

Antonio si guardò il corpo. E per un attimo non gli sembrò neppure di essere l'Antonio che aveva sin lì conosciuto.

ELISABETTA

Elisabetta aveva ascoltato con un insieme mal assortito di emozioni quel dialogo fra Antonio e il barbone. Sentiva che ogni domanda che risuonava in quella chiesa sconsacrata nel mezzo di Malta era in realtà una domanda per lei, una chiave per aprire una stanza della sua interiorità dove non metteva piede da anni. Non le pareva ancora vero di essere lì. Il suo mondo fatto di lavoro, palazzi grigi e tempo che non basta mai le sembrava lontanissimo. Ed il suo mondo interiore, che pure le era così vicino, ora che si stava mettendo a guardarlo le sembrava un universo straordinario.

Solo che a fianco a lei c'era Giovanni. Sapeva di non avere più 17 anni, ma quello che si sentiva dentro le stava mettendo il dubbio sulla sua reale età. Solo a vederlo, si accorse, le si riempiva il cuore di mille sensazioni Aveva una crescente attrazione ormonale per il suo corpo, sì, se ne era accorta quasi subito. Non era uno sportivo né un palestrato, ma avrebbe avuto voglia di mangiarlo lì davanti a tutti. A fianco agli ormoni c'era quell'attrazione che solo gli adolescenti riescono a provare, quel qualcosa di immediato, inspiegabile e totalizzante che ti porta sulle montagne russe degli amori del liceo. Solo che quello non era il liceo e lei non era più una ragazzina.

Si lisciò i capelli mentre lo guardava, ma subito si forzò di nascondere quel gesto di piacere e si costrinse a distogliere lo sguardo. Non voleva che Giovanni cogliesse quei segni esteriori del suo interesse. Cosa che invece successe subito. Il ragazzo si girò, la guardò mentre si forzava con imbarazzo a non lisciarsi i capelli e si lasciò spuntare un sorriso fra le labbra. Poi, continuandola a guardare fissa negli occhi le fece un disinvolto occhiolino.

In quell'istante Elisabetta capì. Capì con matematica certezza che quel semplice occhiolino era la punta di un iceberg che se ne stava profondo nella vita di Giovanni. Chissà quante altre volte aveva fatto quel gesto e chissà quante donne aveva approcciato in quel modo. Si capiva che era per lui un copione già recitato. I tanti segnali che aveva ricevuto da quando lo aveva incontrato in stazione le girarono vorticosamente intorno per poi trasformarsi in tasselli di un mosaico che si formò davanti ai suoi occhi in modo molto chiaro: era un seduttore. Uno sciupafemmine. Un uomo talmente abituato a conquistare le donne che lo faceva anche senza volerlo. E lei era oramai abbastanza grande per accorgersene.

Elisabetta sentì una vampata di rabbia salirle dal petto fino alla cima dei capelli. Una fila disordinata di pensieri le si presentò violentemente all'attenzione. Pensò che non le andava bene essere come tutte le altre, una fra tante. Pensò che aveva un forte ed irrazionale desiderio di possesso nei confronti di quell'uomo. Di botto pensò che forse si stava innamorando di lui. E questo pensiero la penetrò nel profondo rimettendo sottosopra tutte quelle emozioni che stava cercando di riordinare. Provò disgusto, perché una ragazza di successo come lei non può innamorarsi di uno sciupafemmine di provincia appena conosciuto. Provò sorpresa, perché non pensava di potersi ancora innamorare, specialmente non di uno appena incontrato in una situazione decisamente strana. Provò paura, perché quell'uomo era un'incognita vivente, in realtà non sapeva niente di lui se non un particolare grottesco ed imbarazzante della sua vita recente. Provò piacere, perché innamorarsi è sempre bello. Provò rabbia, perché in quanto donnaiolo non poteva che essere misogino e maschilista. E si sentì spaesata.

Avvenne tutto in un attimo, con la velocità della luce con cui pensieri ed emozioni si intrecciano dentro il corpo. Ma quel ragazzo che conosceva bene le donne la stava guardando e lei era certa che lui avesse visto ciascuno dei pensieri che si erano agitati nella sua mente ed aveva capito tutto. E si sentì completamente nuda.

«Sapete», disse a un certo punto il barbone, «che molto spesso il metallo che abbiamo a disposizione noi umani lo utilizziamo per forgiare armi. Armi che poi usiamo gli uni contro gli altri. Siamo noi stessi a costruire le armi che verranno usate contro noi stessi. E per farlo usiamo alcuni dei nostri materiali più preziosi, quelli che stanno nelle profondità delle nostre miniere emotive».

Fece qualche passo avanti e indietro, in silenzio e con lo sguardo basso. Poi si girò di nuovo verso di loro e disse:

«Provate ad immaginare che mondo sarebbe se invece di costruire spade, l'essere umano nella sua storia avesse usato tutto il metallo che aveva a disposizione per costruire aratri, vomeri, strumenti per lavorare la terra. Non avrebbe impiegato per rendere migliore la terra tutta l'energia che ha invece usato per fare del male a qualcun altro?».

Qualche viso moderatamente compiaciuto mostrava un accordo per una cosa che sembrava a tutti ovvia e un po' buonista. Jennifer storse il naso pensando all'Amazzonia.

«Fin qui siamo nell'ordine delle ipotesi, stiamo parlando di qualcosa che appartiene alla storia fatta a «se». Il fatto è che ciascuno di noi fa esattamente la stessa cosa, ogni giorno, ogni momento. E lo fa dentro di sé. Forgiamo continuamente lame emotive che finiscono per essere usate da parti di noi che combattono contro altre parti di noi. Ed il nostro benessere è il campo di battaglia su cui facciamo fronteggiare noi contro noi stessi. Siamo come un re che ha tutto il regno scosso da una guerra fra i suoi nobili. Non basterebbe che il re intervenisse? Pensate se lo facesse ordinando a tutti i feudatari di fondere le proprie armi e di trasformarle in aratri. Ciascuno di noi deve fare la stessa cosa. Se una emozione ti fa star male, se uno stato emotivo per una tua guerra interiore ti ferisce, è sufficiente che tu lo trasformi. Da una spada a un aratro».

Ora vi spiego come si fa.

Jennifer aveva affrontato con un certo timore quell'esercizio. Non era ancora del tutto uscita dal sovraccarico emotivo che aveva appena vissuto in quell'esperienza così surreale, con tutto quel complesso di rabbia, paura, vergogna, disagio e tanti altri stati emotivi che si erano intrecciati. Tutto questo le aveva fatto ricordare quanto le emozioni le facessero male dentro. Per tanto tempo le aveva talmente compresse, represse, pressate nelle sue interiorità che ogni emozione nuova per lei era come un chiodo che le veniva piantato nella carne viva per straziarla. Nonostante quel dolore per una volta volle fidarsi. Fece il suo esercizio e sentì dentro una esplosione di energia che non sapeva descrivere. Le sembrò come di aver abbattuto una diga che fermava il flusso di un fiume e di botto quel fiume si era rimpadronito del suo naturale alveo. Quell'acqua impetuosa le irruppe dentro e da dentro si fece sentire fuori.

«Vaffanculo» disse a voce alta riaprendo gli occhi. Non ricordava di aver pronunciato quella parola negli ultimi decenni.

«Vaffanculo» ripeté più forte notando che nessuno le prestava attenzione. E che anzi altri gridavano, strepitavano e dicevano ogni sorta di cose. Non si curò di loro, era troppo impegnata a curarsi di se stessa.

«Vaffanculo!» urlò ancora con un fiato liberatorio. In quelle poche lettere c'erano la sua carriera, il suo prendersi sul serio, le sue smanie di successo, il suo attaccamento al danaro. C'era pure se stessa. Con la grinta nel corpo si stava semplicemente mandando affanculo. Sentì dentro un profondo senso di liberazione, che la fece esplodere in un pianto che si alternò subito al riso. Sentì gli occhi del barbone che si posavano su di lei e cercò di contenersi. Ma tanto forte era quel senso di libertà e di pienezza che non riuscì a smettere di mischiare le lacrime con le risate. Tutto il suo sistema era esploso, sprizzava energia. E quella sensazione era semplicemente bellissima.

«Posso fare qualcosa per te?» le chiese Antonio colpito dai suoi strepitii.

Jennifer lo guardò da dietro le lacrime condite di sorriso. E disse dal profondo:

«Questo è il giorno più bello della mia vita».

Antonio si avvicinò e trovò estremamente naturale abbracciarla.

Quando l'abbraccio terminò i loro occhi si incontrarono. E si sentirono uniti come se si conoscessero da tutta una vita.

SABRINA

Quel locale era decisamente quello che ci voleva. Era sulla spiaggia, a poche centinaia di metri dal mare. C'era un sacco di musica sparata fortissimo, musica commerciale, conosciuta, familiare. E sentirla a volume così alto metteva subito in circolo un sacco di emozioni, di adrenalina, di voglia di ballare. Ma soprattutto era pienissimo, c'erano migliaia di persone. Sabrina non ci andava da una vita. Una volta era una vera pantera da discoteca, aveva anche fatto la barista in un altro locale. Da quando si era sposata aveva lasciato perdere posti come quello, che non sono adatti ad una donna che ha a casa un marito. Ma ora ci voleva proprio. Aveva messo Lucia a letto e aveva chiamato la madre, che l'avrebbe raggiunta. Aveva provato a trovare un'amica che la accompagnasse, ma tutte quelle con cui era in confidenza avevano oramai famiglia. Sapeva bene che una donna non va in discoteca da sola. A meno che non sia in una situazione come la sua. E non era difficile capire in che situazione fosse. Bastava guardarla. Aveva scelto dei pantaloni attillati, perché tanti anni di danza le avevano scolpito gambe e glutei e quindi era bene valorizzarli. Poi aveva messo una maglietta a V di misura, che le facesse risaltare la sua scollatura, che era più che dignitosa. Infine aveva legato i capelli dietro per dare spazio al viso e si era truccata con un filo di mascara e un po' di fondo tinta che simulasse abbronzatura. Si capiva che non era una ragazzina del locale, ma si sentiva molto al di sopra dei suoi standard abituali. Non doveva sbagliarsi di molto, se è vero che appena messo piede dentro il locale alcuni ragazzetti in camicia e capelli tirati su dal gel la guardarono con occhi sgranati e fecero fra loro commenti coprendosi la bocca con la mano. Sabrina sorrise: non ci era più abituata. Pochi passi dopo un tizio non proprio ben odorante le si piantò davanti e disse qualcosa di indecifrabile in un misto fra italiano e romeno. Fu facile scansarlo e arrivare al bancone del bar. Ma era necessario un po' di alcol per ingranare. Il coca e rum che aveva chiesto le venne servito da una ragazzina di vent'anni piena di piercing e tatuaggi, tutti visibili perché era mezza nuda. E fu mentre stava aspettando quella soluzione alcolica per sconfiggere i suoi freni inibitori che sentì una mano delicata sfiorarle un fianco.

«Scusami, stai attenta perché ci sono due tizi che stanno praticamente facendo sesso davanti a tutti, se ti vedono qui ti tirano dentro».

Era un ragazzo intorno ai 30 anni, alto, fisicato, canottiera alla moda che lasciava fuoriuscire due grossi pettorali, con i capelli tirati da una parte e un'aria molto sicura di sé. Sabrina sorrise alla sua battuta e non fece a meno di notare quanto fosse sexy ai suoi occhi. Lui portò a casa il risultato.

«Piacere, Yuri» disse porgendo la mano.

«Sabrina».

«Sabrina, che ci fa uno schianto di ragazza come te in un locale come questo?».

La ragazza ci pensò un attimo poi rispose:

«Non lo so nemmeno io» rispose prendendo il coca e rum

«Permetti che te lo offra?».

Ci pensò un attimo. Poi annuì con la testa e disse:

«Grazie».

«Vuoi venire al mio tavolo?».

Dalla risposta a quella domanda, lo sapeva benissimo, dipendeva il resto della sua serata.

«Perché no» rispose sicura fregandosene di tutto, persino di se stessa.

In pochi secondi attraversarono la massa ululante ed entrarono in un privé, dove c'era in effetti gente un po' più selezionata. Almeno a giudicarli dalla più immediata apparenza. Sabrina si sentì più a suo agio. Seguì Yuri e si sedette a fianco a lui in quello che mostrò essere il suo tavolo.

«Allora, Sabrina, che fai di bello nella vita?» le chiese cercando di superare il rumore della musica altissima.

«Per ora niente» rispose difendendo freddamente il suo segreto.

«Donna misteriosa...» commentò lui sorridendo e baciandole una mano.

Sentendo a sorpresa le labbra di quello sconosciuto sulla sua mano percepì una specie di piccolo brivido. Piacevole. Ma anche oscuro. Si affacciarono subito nel suo corpo tutte quelle emozioni che aveva vissuto quando faceva una vita più trasgressiva.

«Se non vuoi svelarmi il tuo mistero» aggiunse lui, «mi permetti almeno di contemplarlo?».

Sabrina ridacchiò tra l'imbarazzato e il sorpreso. E chiese:

«In che modo?».

«Lasciami esplorare le tue interiorità» e così dicendo le fissò gli occhi nei suoi, avvicinandosi al suo viso. Quel ragazzo aveva due occhi splendidamente profondi che la incantavano. Ci volle veramente poco perché quel suo avvicinarsi facesse arrivare le labbra del ragazzo su una sua guancia. Che sensazione piacevole... Le scappò un sottile gemito. Yuri non smise di baciarle le guance, avvicinandosi lentamente alle labbra. Pochi secondi e sentì le labbra del ragazzo sopra le sue. Percepì tutto il corpo scuotersi in un brivido di piacere. Un piacere in cui si lasciò isolare, dimenticando tutto quello che la circondava. Sentì la lingua di Yuri bussare sulle sue labbra, che si aprirono ed assaggiarono la bocca di lui. Percepì la sua mano dietro al collo e l'altra sopra un gamba. Stava perdendo completamente contatto con la realtà, con quella realtà che non capiva più e che le procurava solo grande dolore. La mano scese dal collo ad una spalla, per poi insinuarsi nella scollatura. Sabrina sentiva un calore crescente dentro, qualcosa che non ricordava più. Quando la mano che era sulla gamba, in quell'intreccio di lingue e di corpi, si spostò più su verso l'inguine, al piacere subentrò una fulminea paura ed un gigantesco disagio. Sabrina si staccò di botto dalla bocca di quello sconosciuto con una domanda che le martellò dolorosamente il cervello:

«ma cosa sto facendo?».

Si alzò di botto da quel divanetto sistemandosi i vestiti.

«Ma... che succede?» chiese lui.

«Niente, scusami. Non dovrei essere qui».

Le obiezioni di Yuri vennero divorate da quella musica assordante, mentre Sabrina gli voltava le spalle ed usciva dal privé, per lasciare il locale. Uscì senza riuscire a formulare un solo pensiero, con un grande senso di disagio nel corpo. Salì in macchina e si trovò la scatolina del barbone sul sedile del passeggero. Mentre cercava di ricordare come era finita lì, sentì ovattato sul timpano martoriato da tutti quei decibel il fischio e si aprì di botto.

«Vali molto più di così».

Ed iniziando a singhiozzare Sabrina capì che ancora una volta la scatola aveva detto il vero.

Ma che razza di magia era quella?

«Vali molto più di così» disse il barbone strizzandogli l'occhio.

Giovanni si era alzato ed aveva accettato l'invito dell'uomo a fare un esercizio davanti a tutti. Un esercizio sull'autostima.

«Giovanni per quanto tempo ancora vuoi andare avanti in questo modo?».

«Quale modo?».

«Hai mai letto pinocchio?».

«No però ho visto il cartone animato».

«Ti piace il paese dei balocchi?».

«Molto» rispose con un sorriso un po' alludente.

«Ti ricordi come finiscono i bambini nel paese dei balocchi?».

«Mi sembra diventino dei somari» rispose sempre con il suo sorriso.

«È quello che vuoi?».

«Diventare un somaro? Dai valà, cosa c'entra un cartone animato?».

«Cos'hai fatto negli ultimi anni?».

«Posso essere sincero?».

«Certo».

«Ho avuto donne. Un mucchio di donne. Chiedilo a Marcello» e così dicendo indicò il ragazzo sorridendo. Poi si ricordò che lo aveva portato lì senza chiedergli niente tramando nell'ombra e distolse lo sguardo.

«È una bella vita?».

«Altroché. Non riesco a immaginare qualcosa di meglio».

Il barbone sorrise.

«Prova a pensare», continuò il barbone sorridendo, «a tutte le ragazze che hai portato a letto».

Il viso del ragazzo si distese in un sorriso.

«Ora prova a pensare se qualcuna di quelle ragazze si era magari innamorata di te».

«Eccome!» rispose orgoglioso, «tantissime».

«E tu che hai fatto?».

«Ho somministrato a ciascuna un po' di Giovanni poi sono passato ad un'altra».

«E lei come avrà preso la cosa?».

«Non lo so, non è affar mio».

«Giovanni faresti una cosa per me?».

Il ragazzo annuì.

«Ho notato che fumi. Fumeresti questo sigaro mehari per me, davanti a tutti noi?» e così dicendo gli porse una scatoletta di sigari.

«Non è che poi c'è la sorpresina come per i semini? Non è che mi fido molto di te. Alla fine ti vedo sempre con quel coltello in mano…» reagì Giovanni come solo la gente di Rimini sa fare.

«Molto bene, chiudi gli occhi. Guarda la mia immagine mentre tengo quel coltello in mano».

Il ragazzo annuì.

«Che sensazione ti dà?».

«Paura e disagio» rispose subito.

«Molto bene. Ora guarda bene l'immagine. E nella tua immaginazione prova a mettermi un naso da pagliaccio. Che effetto fa?».

Giovanni ridacchiò. Poi rispose:

«Fa ridere. Non mi fai più paura».

«Molto bene. Ora riapri gli occhi e guardami. Non ti faccio più paura…» e così dicendo con un unico occhiolino esorcizzò mille timori. Poi continuò:

«Guarda la scatola, un normale sigaro. Ora prendilo e accenditelo».

Il ragazzo annuì sorridendo, però chiese:

«Ma perché?».

«Niente domande. Vuoi farlo?».

Giovanni ci pensò un attimo, poi sollevando le spalle disse:

«Non vado matto per i sigari e non capisco perché vuoi farmene fumare uno, ma va bene».

Prese il sigaro, se lo accese e iniziò a fumarselo. Iniziò a pensare che forse l'uomo gli stava facendo fare questa cosa perché pensasse a quello che gli aveva chiesto. Ma non è che gli apparissero grandi pensieri, se non piacevoli ricordi di nottate e giornate trascorse in onore di Eros. Poi, guardando il suo ghigno, iniziò a sospettare che in mezzo al tabacco ci fosse anche qualcos'altro. La sua faccia dovette essere molto eloquente, perché non fece neanche in tempo ad articolare la domanda che il barbone aveva già scosso la testa.

«Mentre il ragazzo fuma» disse il barbone rivolgendosi agli altri, «io vi racconto una storia. La conoscete quella del volo del colibrì?».

Visi perplessi spronarono l'uomo a continuare:

«Una fiaba africana narra che un giorno la foresta iniziò a bruciare. Tutti gli animali si misero a fuggire, compreso il leone maestoso. Solo un minuscolo colibrì volò intrepido verso l'incendio. Così il leone, il re della foresta, chiese al piccolo volatile perché si stesse dirigendo con tanta decisione verso il luogo in cui tutto stava bruciando. Il colibrì rispose semplicemente che andava là proprio per spegnere l'incendio. 'Ma è impossibile domare fiamme così vaste con la goccia che porti nel becco' gli fece notare il leone. E il colibrì rispose: 'io faccio la mia parte'».

Un sorriso apparve sul viso di Elisabetta. Ma l'uomo si rivolse subito a Giovanni:

«Colibrì, hai finito di fumare?».

Giovanni si trovò fra le mani un mozzicone, che gettò senza troppo imbarazzo in un angolo della chiesa. Poi, curioso di capire perché gli avesse fatto fare questo si voltò verso l'uomo. Che subito gli disse:

«Bene, adesso ridammi indietro il tabacco che ti ho dato e che tu hai fumato».

Giovanni annuì come scusandosi e fece il gesto di andare verso il punto in cui aveva buttato il mozzicone. Ma contemporaneamente un qualche circuito cerebrale decodificò la frase e capì che non era un richiamo alla più elementare educazione. E chiese:

«In che senso?».

«Hai fumato il sigaro che ti ho dato io?».

«Sì».

«Ecco. Ora ti chiedo di ridarmi indietro il tabacco che hai fumato».

Ci pensò due secondi e disse:

«Ma come si fa? È impossibile».

«Appunto. La tua esperienza funziona allo stesso modo: la vita ti dà tante occasioni, ti fa fare tanti incontri. Una volta che li hai fumati non puoi più tornare indietro. Una volta compiute le azioni lasciano una traccia indelebile sugli altri e anche su te stesso. Il male lascia traccia».

Giovanni fece una faccia strana, da cane bastonato a sorpresa.

«Magari queste ragazze che tu hai sedotto per il tuo puro piacere fisico e che poi hai subito abbandonato sono state male, si sono sentite ferite, hanno pensato che sei uno stronzo, hanno pensato che tutti gli uomini sono stronzi e hanno costruito una corazza per difendersi dagli uomini. E magari quando poi hanno incontrato l'uomo della loro vita lo hanno allontanato per la paura di essere ferite ancora».

L'uomo fece una pausa.

«Hai mai pensato, Giovanni, che le tue azioni che tu hai compiuto così superficialmente potrebbero aver condannato molte ragazze alla sofferenza, alla solitudine, all'incapacità di amare?».

Una parte del cervello di Giovanni si mise in difesa, cercando scuse di fronte a quella pesante accusa, a cui peraltro non aveva mai pensato prima. Ma sentì emergere da dentro una parte che aveva invece tenuta soffocata molto a lungo, che iniziò a fare capolino nella sua consapevolezza. Una parte di sé molto sensibile, seppellita dall'era in cui era bambino. Una parte che portò con sé in superficie un po' di umidità per i suoi occhi. Prima che potesse dire qualcosa l'uomo continuò:

«E poi, se proprio non vuoi superare il muro dell'egoismo pensa a te stesso. Pensa a ciascuna scelta che hai fatto ogni volta che hai dedicato il tuo tempo e le tue energie ad una ragazza di cui ti interessava solo il corpo. Quanto tempo hai dedicato a tutto questo?».

«Un mucchio» rispose Giovanni un po' sconsolato.

«E nel frattempo sono passati anni e tu a parte le donne cosa hai messo nel tuo curriculum?».

Il barbone lo guardò dritto negli occhi. E senza smettere di penetrarlo ocularmente gli chiese:

«Di cosa hai paura, Giovanni?».

Il ragazzo cercò di divincolarsi da quello sguardo che lo trapanava nell'intimo ma non ci riuscì. Si sentiva come violentato. Gli occhi si fecero umidi umidi e una frase gli sgorgò dalle labbra:

«Ho paura di fallire».

«Mi stai dicendo che non ti metti in gioco e non fai altro che dedicarti al sesso come passatempo perché hai paura che se facessi qualcosa falliresti?».

«Sì».

«E non pensi che provando a fare qualcosa potresti anche non riuscire, ma non provando a fare niente hai la garanzia del fallimento?».

Gli occhi si gonfiarono come vele al vento.

«Non so se puoi capirmi» disse il ragazzo riuscendo finalmente a distogliere lo sguardo.

«Spiegamelo».

«Non so se ci riesco».

«Se non riesci a spiegarlo a me riesci almeno a spiegarlo a te stesso?».

«Se faccio qualcosa e non riesco vengo umiliato. Se studio e non passo l'esame le persone mi considerano un fallito. Se invece vado con tante donne tutti pensano che io sia un vincente».

«Le persone chi? Chi ti considera un fallito se non passi l'esame?».

«Mia madre».

«Quindi sei diventato un erotomane per paura del giudizio di tua madre?».

Il ragazzo fece degli occhi strani.

«E dell'opinione degli altri che te ne fai? Non ti basta la tua?».

Giovanni sorrise come un bimbo.

«Magari».

«Giovanni, tu sei una persona straordinaria. Sei un essere unico, tutto il mondo è stato fatto per te, sei tu il destinatario della creazione. Hai dentro di te un mistero così grande che non basta una vita per capirlo. Non ti basta sapere questo per capire che tutto il resto conta ben poco?».

Giovanni si commosse e sfociò anche in un singhiozzo.

«Allora vuoi cambiare?».

«Sì» rispose il ragazzo senza dubbi.

«Come pensi di poterlo fare?».

Giovanni ci pensò un attimo. Esplorò per lunghi secondi i suoi pensieri. Poi disse:

«Quando le ragazze iniziano a frequentarmi e vogliono legarsi fanno tutte quante un gesto. Una cosa che a noi uomini sembra una sciocchezza, o magari un inganno: fanno finta di dimenticarsi qualcosa a casa mia. Lo fanno perché così poi se si accorgono che le stai lasciando andare ti chiamano e dicono: posso venire a riprendermi la giacca, o il maglione, o chissà cosa? E pensano di avere un'altra chance. Io di questi oggetti smarriti ne ho talmente tanti che ci ho riempito un baule. Dentro c'è di tutto: calzini, magliette, orecchini, collanine, reggiseni, mutandine, spazzolini da denti, chiavi… Ecco, se riuscirò a restituire tutti questi oggetti alle loro padrone forse potrò veramente cambiare».

«Molto bene» rispose l'uomo sorpreso dalla chiarezza. «Quando lo farai?».

«Appena uscito da qui. Però lasciami dire che se non ci fossi stato tu non sarei mai arrivato a questa conclusione. Quindi voglio dirti solo una parola: grazie».

ANTONIO

Antonio aveva un sacco di energie in circolo nel corpo. L'esercizio che aveva fatto gli aveva innescato una fila impensabile di emozioni che neanche sapeva bene di avere. E tutta quella carica non riusciva a tenerla chiusa dentro di sé. Appena Giovanni ebbe finito il suo esercizio si alzò in piedi e disse:

«Ho una cosa da dire. Giovanni ha avuto il coraggio di raccontarsi mettendosi a nudo. Edoardo ha avuto il coraggio di dire a tutti noi e a se stesso chi è veramente: è Edoardo. Allora anche io voglio dire a tutti voi chi sono io. Sono Antonio. E sono gay! Ecco, l'ho detto. Non l'ho mai detto a nessuno prima. Era un segreto nascosto profondamente dentro di me».

Poi si girò verso Jennifer e le disse con pulsante enfasi:

«Jenny, sono gay!».

«Certo» rispose lei guardandolo con il sopracciglio alzato qualche frazione di secondo, «anche io sono lesbica. Ma non c'è bisogno di scriverci sopra grandi tragedie».

Antonio alzò lo sguardo oltre se stesso. Il mondo gli apparve completamente diverso. Pur essendo sempre uguale.

«E comunque me n'ero accorta subito» chiosò Jennifer.

Il viso di Antonio si incupì di botto:

«Come... te ne eri accorta? Come hai fatto?».

«Beh Antonio» intervenne allora Giovanni asciugandosi le lacrime e tornando a suo agio nella sua superficie, «si vede subito».

La perplessità di Antonio si fece visibile.

«Ma... come... Ho passato la vita a far credere che mi piacciano le donne...».

Il barbone aprì un grande sorriso sul suo volto. E intervenne chiedendo:

«A chi lo hai lasciato credere?».

«A tutti».

«A tutti chi?».

«Ai miei genitori».

«Quindi il punto è che hai fatto credere ai tuoi genitori che ti piacciono le donne?».

«Sì».

«Pensi di voler far qualcosa per questo?».

Antonio si mise a giocare con le mani e a guardare in basso.

«Non lo so» rispose con un filo di voce.

«Va bene. Allora via, andiamo avanti».

«No!» esclamò alzando gli occhi, «è ora di cambiare».

Con la mano destra pieno di frenesia pescò il cellulare dalla tasca. Digitò un numero tremando e mise tutto in viva voce.

«Pronto, mamma, sono Antonio». La voce gli tremava.

«Tesoro bello di mamma come stai? Dove sei?».

«Bene, mamma, sono a Malta, poi ti racconto. Ma volevo dirti una cosa».

«Dimmi, dimmi».

Ci fu un attimo di silenzio che separò quel prima da quel dopo.

«Mamma, non mi piacciono le donne. Mi piacciono gli uomini. Io sono gay».

E ci fu un silenzio che ad Antonio parve lunghissimo, prima che la voce della mamma si rifacesse sentire:

«Ma tesoro mio, cosa mi vieni a dire? Ma secondo te non lo so? Pensi che una mamma non si accorga di certe cose? ».

Antonio rimase con la bocca letteralmente aperta. Gli si ripresentarono gli sforzi inauditi che aveva fatto negli anni per camuffarsi.

«Ma come?» chiese esterrefatto, «lo sapevi? E papà?».

«E cosa credi, che sia scemo pure lui? Ma che ti salta in testa?».

Due larghe lacrime si impadronirono dei suoi occhi.

«Mamma» chiese allora con la voce gonfia di emozione, «ma mi volete bene».

«Stella mia, certo che ti vogliamo bene, ti abbiamo sempre voluto bene e sempre te ne vorremo».

Antonio scoppiò a piangere e si congedò dalla mamma dicendo solo:

«Anche io. Mamma ti chiamo dopo».

Un pianto liberatorio pulì via un passato di finzione e sancì l'inizio di una nuova stagione.

«Grazie» disse Antonio andando verso l'uomo ed abbracciandolo.

«Sì, grazie!» si aggiunse Edoardo.

«Mi ringraziate?» chiese l'uomo alzando strane difese.

«Sì», intervenne Elisabetta, «credo che tu stia facendo qualcosa di strano ma molto importante per tutti noi».

All'uomo si aprì un sorriso un po' maligno sulla faccia. E disse:

«Ma non lo faccio mica per voi. Lo faccio per me...».

PARTE III

I NODI VENGONO AL PETTINE

Sabrina era stata tutta la notte a girarsi e rigirarsi fra le coperte. Dopo essere tornata a casa da quell'orrendo locale sulla spiaggia si era sciacquata la bocca con due collutori diversi, aveva fatto una doccia lunghissima per cancellare le tracce che quelle mani sconosciute potevano aver lasciato sul suo corpo. Che nessuno dopo suo marito aveva mai toccato. E mentre faceva la doccia pensava. Ma cosa le era saltato in mente? Buttarsi via con una persona mai vista prima... Non era solita farlo, neppure quando era ragazzina, quando ancora era single. Doveva farlo ora che era sposata e con una figlia piccola?

Le lenzuola non le avevano conciliato il sonno. Era il letto in cui aveva dormito con suo marito in tutti quegli anni. Non aveva più sue notizie oramai da giorni. Da troppi giorni. Continuò a girarsi e rigirarsi nel letto per tutta la notte. Neppure riusciva a capire cosa ci fosse di reale e cosa di onirico in tutto quello che si affacciava con insistenza nella sua testa. Vedeva giornate intere passate da sola, vedeva il viso di un altro uomo che con un sorriso falso e ammaliatore si approfittava di lei, vedeva un ospedale con le infermiere vestite di viola, vedeva prati sterminati su cui pascolavano mucche che parlavano tedesco. E poi apparve l'isola. La sognava spesso, da tanti anni. Un'isola scura, tutta ricoperta da una giungla fittissima che nascondeva chi o cosa ci fosse sopra. Lei aveva una bella barca e girava intorno a quest'isola con un profondo senso di inquietudine.

Finché ad un certo punto nello scorrere misterioso del tempo un rumore la riportò alla realtà. Il fischio. La scatolina. Il barbone misterioso e tutta quella serie di eventi che erano seguiti a quell'incontro. Mise i piedi per terra e accese la luce. Quegli occhi che fantasticavano furono riportati alla realtà dalla luce. La scatola era sul comodino. Aperta. Con un solo occhio riuscì a leggere:

«Quando vuoi vedere le cose in modo diverso fai un passo indietro».

Guardò l'ora. Erano le 5 di mattina. Si rimise a letto e tornò a farsi abbracciare da quei pensieri così strani e così reali. Si rendeva conto di essere in un vicolo cieco. Niente è ciò che sembra, aveva scoperto. Tutta la vita, per come l'aveva vista, le si era dissolta davanti agli occhi. Aveva cercato di capire il punto di vista del marito, ma senza successo. Aveva cambiato il nome che dava a quello che era successo, ma non era bastato chiamare «sbandata» quello che prima chiamava «tradimento». Suo marito era stato a letto con un'altra donna e quello era un fatto e basta. Si era resa conto che se qualcun altro aveva perdonato poteva farlo anche lei. Ma poi con questo pensiero in testa era finita in quel locale a buttarsi via. Allora cosa c'era che non andava? Voleva perdonare il marito, ma sembrava quasi non fosse quella la strada per uscire da quella situazione.

Ora il barbone, o quella scatolina, la invitava a fare un passo indietro. Sì, ma indietro dove? Aveva percorso in lungo e in largo quello che le era successo negli ultimi giorni. Aveva scavato nel passato per capire dove avesse sbagliato, se aveva sbagliato qualcosa lei o se semplicemente lo sbaglio fosse stato nell'aver scelto quel marito. Era arrivata a rivivere tutta la sua storia d'amore sin dal primo momento. Ma niente.

Poi pensò che forse doveva andare più indietro. A rebour, nella vita che l'aveva preceduta. Non che credesse alla reincarnazione: tutte le sue amiche che gliene parlavano sembravano tanto convinte, ma non erano riuscite a convincere lei.

Però come un fulmine che rischiara la notte per un istante e rende tutto visibile in un solo secondo, un pensiero le esplose nella testa. Era la vita della generazione precedente che si affacciava sulla sua. Sua mamma. Capì che si stava portando dentro il trauma che i suoi genitori avevano vissuto per quell'errore, per quella sbandata, per quel tradimento del passato. Vide con chiarezza inequivocabile i confini di questa eredità dentro di sé. Capì che gli schemi si ripetono e si ereditano di testa in testa, di generazione in generazione. Capì che se non l'avesse risolta lei la piccola Lucia avrebbe ereditato quel trauma e ci avrebbe dovuto fare i conti. Mai ci aveva pensato prima. E capì che a lei toccava sbrogliare nella scatola cranica una matassa parecchio complicata, la cui estremità iniziale non era neppure dentro la sua testa.

«Ma voi sul serio credete che io vi abbia fatti venire qui, a Malta, senza farvi pagare un euro e vi abbia messo a disposizione tecniche ed esercizi per i quali generalmente le persone pagano migliaia di euro, ed abbia fatto tutto quello che ho fatto per il semplice gusto di farvi star meglio?».

Fu come il momento dopo l'esplosione di una bomba.

«Conoscete la piramide di Maslow?».

Nessuno rispose. Poi Jennifer disse:

«La piramide di Maslow è un modello che descrive i bisogni degli uomini. Se ne parla spesso agli incontri di crescita personale».

«Brava, Jennifer. La piramide di Maslow ci racconta i bisogni degli uomini. Maslow era uno psicologo decisamente geniale che negli anni '50 teorizzò una specie di gerarchia dei bisogni dell'essere umano. E lo fece con l'immagine di una piramide. Alla base della piramide ci sono i bisogni fisiologici come respirare, bere, mangiare; un gradino sopra ci sono i bisogni di sicurezza e protezione, come avere un tetto sopra la testa; ancora sopra ci sono i bisogni di appartenenza, come l'affetto, o l'identificazione; poi i bisogni di stima, di prestigio, di successo. Infine ci sono i bisogni di realizzazione di sé, l'autorealizzazione che ciascuno costruisce in modo diverso. Secondo Maslow l'individuo si autorealizza salendo la piramide, cioè passando per i vari stadi, i quali devono essere soddisfatti in modo progressivo uno ad uno».

L'uomo camminò avanti e indietro in silenzio. Barcollò un attimo. Poi aggiunse:

«Ed è proprio partendo dalla piramide di Maslow che voglio raccontarvi i primi capitoli di questa storia, di cui voi siete personaggi inconsapevoli apparsi solo nella parte finale. Nessuno di voi si è chiesto chi sono? Nessuno, entrato qui dentro e scoperto che avevo già incrociato i miei fili con i vostri, ha avuto voglia di scoprire qualcosa del mio passato? Spero sinceramente di sì. Se vi sono rimaste delle domande ora vi darò la risposta. E la risposta è più semplice di quanto possiate pensare. Ero un coach. Un grande coach. Il più grande mental coach del mondo. Non ero secondo neanche a me stesso. Sono entrato nelle teste di presidenti, primi ministri, re, regine, sportivi famosi in tutto il mondo, imprenditori, top manager... A ciascuno ho dato un contributo importante. Ho fatto diventare famose persone sconosciute, ricche persone povere, di successo persone mediocri. Prendevo dei potenziali umani e li facevo mettere a frutto. Ero arrivato al vertice. Al vertice della piramide dei bisogni. Avevo risolto la fame, la sete, il bisogno di sicurezza, di socialità, di danaro, di realizzazione... A un certo punto della vita, proprio mentre ero al centro di flussi finanziari incommensurabili, fra emiri arabi, celebrità di Hollywood e newcomers asiatici, è successo qualcosa che mi ha fatto cambiare. Di botto mi sono reso conto che tutto quel successo, tutti quei soldi, tutta quella gigantesca attività ruotava intorno a me. Ogni giorno aiutavo persone ad uscire dai confini del proprio ego, mentre io continuavo invece a ruotarci intorno. Mi sono reso conto che tutto quello che facevo in realtà lo facevo per me. Per i soldi che ricevevo, sì, ma soprattutto per il consenso che mi ritornava. Davo, e tanto mi veniva dato indietro. Il bilancio alla fine era pari. O forse ero io quello che aveva indietro di più. E più diventavo famoso, più le persone che finivano nei miei corsi mi osannavano, più quel bilancio dare-avere si sbilanciava verso di me».

Il barbone si toccò la testa e fece una espressione di evidente dolore. Poi continuò:

«A un certo punto della vita ho capito che è una maledizione ricevere. L'unica cosa che conta è dare, senza avere niente in cambio. Così ho fatto una scelta che può fare solo un folle. O chi ha dedicato la vita alla propria crescita personale. Che poi è un folle. I soldi che avevo – e vi assicuro che erano tanti – li ho divisi casualmente con le persone che ho pian piano incontrato. Incontravo un vecchio compagno di scuola che aveva bisogno di danaro e glielo davo; ho dato più di cinque milioni di dollari a un convento di suore che lavorano in India con i poveri e i bisognosi. E un altro milione a un gruppo di disoccupati che non riuscivano più a pagare l'affitto per sé e per la propria famiglia. Ma quello era il fardello che pesava di meno. Negli Stati Uniti tutti mi

151

conoscevano, liberarsi dei soli soldi sarebbe stata una liberazione fittizia. Così ho preso un aereo e sono venuto in Italia. I motivi erano essenzialmente tre: uno perché mia madre era di origine italiana ed ecco perché parlo la vostra lingua. Due perché l'Italia resta il paese più bello del mondo. E tre perché siete il paese occidentale più indietro nel cammino della consapevolezza e della crescita personale e quindi sarei stato più tranquillo: qui non sono una star».

Un largo sorriso spezzò il suo racconto. Che riprese solo dopo un lungo ed innaturale respiro, come se gli mancasse l'aria:

«Ma neanche abbandonare la mia terra bastava a questo mio cammino di liberazione. Ho girato per hotel, ospite di case, ho fatto couchsurfing... Neppure io sapevo bene perché, non so cosa cercassi. Sono stato prima in Umbria a fare il contadino, poi a Roma a vendere souvenir, poi al Sud, a Napoli ho fatto il parcheggiatore abusivo, in Puglia sono tornato a lavorare la terra, in Calabria a fare il pescatore. Mi sono innamorato della Sicilia, dove ho raccolto le arance. Stavo per andare in Sardegna, dove tutti mi dicevano di andare, ed invece sono finito a girare per la Lombardia e mi sono ritrovato a Verona. Ma mi sentivo sempre troppo sicuro di me, la mia zona di comfort era sempre lì ad aspettarmi. E cosa avrei potuto fare per uscire dalla zona di comfort, per abbattere anche le ultime sovrastrutture della mia mente e provare a fare i conti con il mio «io» reale? Quali altri gradini della piramide di Maslow dovevo scendere? Mi ero liberato dalla mia autorealizzazione, dai consensi, dal contesto che mi sosteneva. Mi ero liberato della mia casa, della sicurezza delle mie infrastrutture logistiche. Ora dovevo liberarmi dai miei bisogni primari e iniziare a patire la fame. E così sono diventato un barbone, tale e quale mi vedete. Ho dormito nel freddo dell'inverno per strada. E vi assicuro che dormire inzuppati dall'umidità e percependo ad ogni respiro il rischio di poter prendere la polmonite non è un bell'affare. Specialmente se hai sperimentato il lusso degli hotel di Dubai. Ho superato i miei schemi e ho iniziato a mangiare quello che trovavo nella spazzatura, quello che gli altri scartavano. Le prime volte ho vomitato. Ma la fame fa miracoli. E solo ora, dopo aver umiliato i miei ultimi e più immediati bisogni, mi sono trovato nella condizione di aiutare ciascuno di voi con totale disinteresse e con l'esigenza di superare la mia zona di comfort. Solo dopo essermi spogliato di me stesso sono riuscito a donarmi veramente e gratuitamente. E voi non siete altro che i destinatari di quest'ultimo tratto del mio cammino».

L'uomo si girò di botto verso Marcello con lo sguardo carico di terrore. Accadde tutto in un attimo. Aveva la bocca aperta come se stesse continuando il discorso. Invece da quella bocca emise un grido che sembrava fuoriuscito dal profondo dell'inferno, girò gli occhi all'indietro e cadde per terra a peso morto. La sua testa, le braccia e le gambe furono scosse da un tremito leggero, che nel giro di pochi secondi crebbe e divenne potente, scuotendo da dentro il corpo dell'uomo. Marcello si precipitò su di lui e gli girò d'istinto il corpo su un lato. Dalla bocca, serrata con forza, usciva una bava bianca disgustosa. Fu forse un minuto in tutto il tempo di quell'orribile spettacolo. Poi il corpo dell'uomo si fermò su quel pavimento freddo come morto. Gli occhi erano chiusi e i muscoli del collo erano completamente distesi. Fu Jennifer a sentire per prima l'esigenza di correre a chinarsi su di lui. Si piegò a terra, gli sollevò la sua testa e ne sentì tutto il peso. Il peso di così tanti pensieri. Tutti si fecero intorno a lui e il silenzio si impadronì di tutti loro.

«È morto» sentenziò Antonio.

«No, profuma ancora di vivo» obiettò Diamante.

«Cosa cavolo è successo?» chiese monotono Edoardo.

Ci volle qualche minuto di domande sconnesse perché quegli occhi si riaprissero e mostrassero che c'era ancora vita dentro quel corpo. Subito una sua mano fece per afferrare Jennifer e rialzarsi, ma era completamente priva di forze.

«Aiuto» sussurrò con una voce flebile e con gli occhi semichiusi.

Fu lì che Jennifer e tutti loro sperimentarono dentro di sé un profondo senso di impotenza.

Nell'istante in cui quell'uomo cadde a terra Giovanni sentì dentro un impulso a voltarsi. Una parte di lui voleva scappare da quella ennesima delusione.

Delusione: la storia della sua parte più profonda. Quella che si era illusa centinaia di volte che la parte di superficie avesse trovato una donna da amare. Si sentiva tradito da se stesso mille e mille volte.

La stessa dinamica si riproponeva simbolicamente ora: aveva appena trovato il suo salvatore e già lo vedeva crollare sotto i colpi della sua umanità. E girandosi incrociò gli occhi della sua compagna d'avventura, Elisabetta. Il tempo di botto si fermò e lui fu condotto nei suoi pensieri alla velocità con cui essi scorrono. Si rese conto in un istante che tutti i criteri che aveva seguito sino a quel momento per selezionare le sue prede erano sbagliati. Cioè no, erano perfetti per far rimanere nella rete della sua attenzione solamente quelle che corrispondevano ai suoi desideri: sciacquette, ragazze particolarmente superficiali o particolarmente disposte a dargli il loro corpo.

Si rese conto che per tanti anni aveva raccolto esattamente ciò che aveva seminato. E se voleva realmente uscire da quel vicolo cieco trasudante di carne e lussuria doveva cambiarsi gli occhi. Strapparsi dalle orbite i bulbi oculari con cui aveva filtrato la realtà per così tanti anni e trovarne di nuovi. Ci provò. Mentre la realtà intorno a lui era ferma si mise degli occhi nuovi. Occhi che gli facessero vedere che non c'era solo carne e piacere nella donna che ora aveva davanti. C'era una persona, che dentro aveva pensieri, emozioni, amore, odio, tentazioni, desideri, tanto quanto lui. Il mondo gli parve diverso per un attimo. Gli sembrò di aver capito che non contava proprio nulla scalare il tragitto che lo poteva portare da quella posizione ad una posizione distesa insieme a quel corpo. Se voleva realmente entrare in contatto con quella persona avrebbe dovuto percorrere un cammino molto più lungo e complesso.

Quell'attimo così lungo fece scorrere un secondo, forse due nella linea del tempo. E quegli occhi nuovi che aveva posato su Elisabetta attrassero il suo sguardo. La ragazza si girò e incrociò quel suo sguardo che non conosceva. Ma il flusso del pensiero continuò la sua veloce corsa e condusse Giovanni a maggiori consapevolezze. Consapevolezze che avevano a che fare con i suoi limiti. Sapeva benissimo che se avesse aperto le porte a quella ragazza sarebbe successo ciò che era sempre successo con le ragazze: avrebbe messo il pilota automatico e avrebbe usato le sue armi da seduttore per conquistarla fisicamente. Se non lo avesse fatto sarebbe stata lei a pretenderlo, per saziare la sua fame di autostima. Dopodiché, come al solito, avrebbe perso interesse e l'avrebbe sputata via come il seme di un cocomero.

Doveva fare un lungo cammino per liberarsi da quel suo schema. Uno schema che aveva ripetuto talmente tante volte da aver creato in lui un solco da cui era difficile dirottare il flusso delle energie. Doveva ripercorrere a ritroso la sua vita e piano piano dirottare l'alveo di quel fiume di energia. Si ritrovò dentro la volontà di meticciarsi con la persona che si trovava davanti e che mostrava chiari segni di apertura. Ma nello stesso tempo ora aveva la determinazione di non lasciare che il mostro che aveva costruito dentro di sé divorasse una ennesima vittima prendendo a prestito le sue fauci.

Tutto questo fu lunghissimo nella dimensione del cervello. Ma fu solo un attimo nel mondo degli uomini.

Elisabetta si appressò a lui con uno sguardo interrogativo. E lui, con addosso tutto quel fluire di pensieri, si limitò ad accennarle un sorriso, a cui fece seguire immediatamente un rapido scuotere della testa. Poi distolse lo sguardo.

E questo, per quanto fugace, fu l'unico flirt che Giovanni il seduttore concesse a Elisabetta.

Mentre il barbone giaceva a terra in preda ad un demone sconosciuto.

«Mamma, ci ho pensato a lungo e non posso fare a meno di parlarti».

Sabrina teneva stretta la sua scatolina. L'ultimo messaggio che ci aveva letto dentro le aveva dato un grande impulso ad agire: «non si può non comunicare», c'era scritto. Per cui, per seguire quello che appariva un lineare consiglio, aveva preso su Lucia, aveva lasciato la casa e si era precipitata da sua madre. Lei si era fatta trovare in cucina a sistemare i piatti nella lavastoviglie. Ma era come se la stesse aspettando. Lucia le andò incontro gridando «nonna!». Poi corse nell'altra stanza dove teneva alcuni fogli e dei pennarelli colorati. Rimettendosi a trafficare con le stoviglie la mamma chiese:

«Dimmi tesoro caro, come stai?».

«Sto bene mamma. In realtà mica tanto, non riesco ad uscire da questo tradimento…».

«Eh lo so» rispose la mamma senza prestare molta attenzione, «sono anni che ci siamo tutti intrappolati».

Sabrina rimase perplessa per quella risposta e fece una faccia strana. La mamma continuò a mettere piatti nella lavastoviglie, borbottando qualcosa di incomprensibile. Poi prese un canovaccio e si asciugò le mani. Guardò sua figlia dritto negli occhi e le disse:

«Cosa vuoi che faccia per te questa volta?».

Sabrina si sentì intimidita: quelli non sembravano i soliti occhi di sua madre. Ma non desistette dal suo proposito:

«Mamma, ho capito che se voglio superare quello che mi è successo devo andare più indietro di quanto credessi. Ho bisogno di arrivare a quando tu hai tradito papà».

«Lo so, lo so!» esclamò la madre in un impeto di rabbia, «sono io la causa di tutti i tuoi problemi! Sapevo che prima o poi tutto questo sarebbe saltato fuori!».

«Mamma…» disse Sabrina spaventata.

La donna si placò subito:

«Sì, hai ragione, scusami. È che le cose sono così ingarbugliate... Tutto è così difficile da sbrogliare. E dopo tanti anni io inizio ad essere stanca, tanto stanca...».

«Mamma, ora non esagerare. Non è tutto colpa tua. Mio marito mi ha tradita, che c'entri tu?».

La donna la guardò con aria rassegnata.

«Che c'è?» chiese Sabrina cautamente, un po' spaventata.

«C'è che le cose non sono mai quello che sembrano».

«Cosa vuoi dire?».

«Vuoi davvero togliere il velo alla realtà? Vuoi davvero uscire dall'ipocrisia in cui viviamo tutti da così tanti anni?».

In Sabrina si aprì una voragine di mistero. E crebbe la paura.

«Pensaci, Sabrina. Pensaci bene. Prova per una volta a sforzare la tua mente per vedere ciò che non vuoi. Quel povero cervello tanto frastornato. Quand'è stata l'ultima volta che hai visto tuo padre?».

«Ma che discorsi, ero una bambina piccola, mi ricordo appena appena».

«Quante volte sei stata sulla sua tomba?».

«Non mi piacciono i cimiteri, lo sai».

«Sabrina, Sabrina... Mi dispiace così tanto per te. Tuo fratello è riuscito ad accettarlo, ma tu no. Chissà perché, forse solo perché sei un'anima delicata e fragile».

«Accettare cosa?».

«La vita è tanto strana. Tanto bella e tanto strana. Così illusoria, così tutta campata per aria...».

«Accettare cosa, mamma?».

«Tuo padre non è morto, Sabrina. Se n'è andato quando sono rimasta incinta di un altro uomo. Francesco è tuo fratello solo per metà. Quand'è che lo accetterai?».

Se un intero plotone di soldati nazisti fosse entrato in casa e avesse iniziato a sparare a raffica con i mitragliatori, Sabrina si sarebbe sentita meno trafitta. Riuscì solo a dire:

«Ma cosa dici...».

«Bimba mia» disse allora sua madre con gli occhi gonfi, abbracciandola, «quanto male ti ho fatto. Ho messo a dura prova la tua mente delicata. Potrai mai perdonarmi?».

«Ma… mamma… certo. Io ti voglio tanto bene, non potrei mai non perdonarti. Non mi hai fatto così male».

Ma mentiva spudoratamente.

Quegli occhi di madre erano così diversi dal solito mentre si staccava dall'abbraccio.

«Sabrina, devi riuscire ad andare a fondo dentro di te. Molto a fondo. Perché questo male che ti ho messo dentro ha infestato la tua anima».

«Non capisco, mamma. Io sto male perché mi ha tradito mio marito. E questo non è successo quando ero bambina, ma adesso…».

«Entra, entra più a fondo. Lo hanno detto sempre tutti: bisogna che tu accetti quel trauma, altrimenti continuerai a star male e non guarirai mai il tuo cuore».

«Lo hanno detto tutti? Ma tutti chi? Con chi hai parlato di questa storia?» chiese Sabrina iniziando ad accendersi.

«Tesoro, perché non riesci a vedere…».

«A vedere cosa??» gridò la ragazza.

La mamma la guardò e iniziò a piangere. Coprendosi il viso le porse una mano, con cui le accarezzò una guancia.

«Bimba mia, bimba mia».

Sabrina sentì dentro rabbia, senso di impotenza ed anche compassione. Staccò la mano della madre dal suo viso, lasciandola lì a piangere senza capirne il perché. Poi andò nell'altra stanza a prendere la bambina.

«Vieni Lucia, andiamo».

«Mamma, vorrei finire il mio disegno».

Sabrina guardò il disegno. Ritraeva come al solito la loro famiglia: lei, suo marito e Lucia.

«Lo finisci a casa, dai».

«Va bene, mamma».

Sabrina prese per mano sua figlia ed uscì dalla casa in cui era cresciuta con uno sconvolgimento interiore che non immaginava neanche potesse esistere.

Il barbone era stato portato in una stanza attigua alla chiesa, quella che un tempo doveva esser stata la sagrestia. Con loro era rimasto solo Marcello. Il quale scuoteva la testa e si mordeva un labbro per trattenere le lacrime.

«Ragazzi» disse con voce spezzata, «non so davvero cosa sia successo. Uno di noi dello staff è medico, lo sta visitando cercando di capirci qualcosa. Che trauma, che trauma… Lui per noi è davvero tutto».

«Io lo sapevo che c'era qualcosa di misterioso» borbottò Elisabetta.

«Ah certo che questa storia tutta normale non è. Non è che mi sia capitato molte volte di essere circonciso da uno sconosciuto» aggiunse cinicamente Giovanni.

«Tutto è successo così all'improvviso…» disse fra sé Marcello. «Non siamo neanche riusciti a finire l'esperimento dei gruppi minimi di Tajfel».

«L'esperimento cosa?» chiese Giovanni.

Marcello lo guardò.

«Massì, l'esperimento dei gruppi minimi di Tajfel. Dai Giovanni… Secondo te è normale che vi abbiamo divisi in gruppi da due e ciascun gruppo indossa una maglietta con un colore diverso? È un vecchio esperimento che ha risvolti pratici interessanti. La tendenza degli esseri umani a creare distinzioni "noi/loro" nelle relazioni fra gruppi si basa spesso su motivazioni del tutto banali. Basta una maglietta e già in pochissimo tempo ci si autopercepisce come gruppo diverso, migliore e contrapposto all'altro. E naturalmente i membri del proprio gruppo vengono preferiti. Anche se non sai niente di quelle persone. Volevamo creare coppie studiate a tavolino, immagina un po' chi ha pensato per te Elisabetta, ma temo che questa interruzione faccia saltare l'intero esperimento».

Passarono parecchi minuti prima che dalla vecchia sagrestia si muovesse qualcosa. Uscirono prima i ragazzi della security. Poi arrivò lui. Aveva il volto scavato e gli occhi erano cambiati, cesellati dal dolore.

A Edoardo sembrò di rivedere l'uomo cattivo che aveva conosciuto dentro quel capannone e si sentì dentro una fitta di paura.

Il barbone si avvicinò a loro e aprendo le braccia disse:

«Quando i misteri che si intrecciano nell'universo decidono un pezzo del tuo destino non puoi farci nulla. Non si può non comunicare. Non c'è nulla di nascosto che non sarà svelato, né di segreto che non sarà conosciuto».

«È l'epilessia il tuo segreto?» chiese frettolosamente Jennifer, che di epilettici in giro per il mondo ne aveva visti molti.

«No. Non ho mai sofferto di epilessia in vita mia. Fino a qualche settimana fa».

«Cosa allora?» domandò con apprensione Marcello.

L'uomo fece un respiro profondo.

«Ragazzi, la faccenda è molto semplice: sto morendo. Quello che avete visto è solo uno dei tanti sintomi del male che mi porto dentro. Si chiama glioblastoma. È il più aggressivo fra i tumori del sistema nervoso centrale».

Ci fu un silenzio assoluto per parecchi secondi. Poi Antonio, quasi senza fiato chiese:

«Non si può curare? Operare? Fare qualcosa?».

«Sì» rispose il barbone guardandolo negli occhi, «ma a quale prezzo?».

«Cosa vuoi dire?» chiede freddamente Jennifer.

«Qualunque cambiamento ha un prezzo. Voi avevate il vostro male. Ciascuno il suo. Siete qui, lo state curando, pagandone il prezzo. Lo ammetto, vi ho un po' forzati a pagarlo. Ma lo avete fatto. Elisabetta è libera dalle sue emozioni, dai suoi draghi. Ma è disoccupata. Hai pagato il prezzo del cambiamento. Antonio ha portato fuori una parte significativa di sé. E ha perso il nido in cui stava tranquillo. Edoardo è uscito dalla sua zona di comfort, ha guadagnato spazio per crescere, pagando questo con la sicurezza in cui navigava. Diamante e Jennifer si sono messe in gioco, rinunciando alla stabilità che avevano costruito. Cambiare, ragazzi, costa. Passare da ciò che ci si trova ad essere a ciò che vorremmo essere è un processo molto duro, che ci mette in gioco nel profondo. Spesso vale la pena pagare il prezzo. Anzi, il più delle volte ne vale decisamente la pena. A volte invece no. A volte il prezzo è più alto del valore del cambiamento. Io ho il mio male. Se decidessi di curarlo, se decidessi di cambiare, dovrei pagare un prezzo che per me è più alto della mia vita stessa».

«Cioè?» chiese con aria seria Jennifer.

L'uomo con serietà disse:

«Dovrebbero asportarmi un pezzo di cervello. Dovrei rinunciare ad una parte del mio organo più prezioso. E poi dovrei fare molte cure molto invasive e dolorose, dalla chemioterapia alla radioterapia. Da quello che mi hanno detto i tanti medici, specialisti, massimi esperti della materia, quasi certamente rimarrei mezzo paralizzato, probabilmente con capacità cognitive ridotte e forse addirittura senza l'uso della parola».

Mandò giù e quel boccone doveva essere particolarmente amaro.

«Mi sono interrogato a lungo su cosa fosse meglio fare. Meglio scegliere una vita più lunga, che magari mi facesse arrivare addirittura fino alla vecchiaia, ma con il cervello annebbiato, la lingua strappata e il corpo menomato, o meglio finire la vita prima, ma nel pieno di me stesso? È lo stesso dilemma che avevano gli antichi: meglio morire giovani in battaglia, o finire la vita da vecchi nel proprio letto, fra le proprie feci ed i propri dolori? Io ho scelto il campo di battaglia. E non credo mi resti più di qualche mese».

I torrenti del dolore iniziarono a scorrere dalle sorgenti dell'anima. Gli occhi di Elisabetta eruttarono flussi di lacrime accompagnati solo da singhiozzi e singulti. Una morsa strinse i cuori degli altri. E forse per la sincerità che i loro cuori stavano riversando su di lui, la verità non tardò ad emergere.

EDOARDO E DIAMANTE

«Edoardo» disse Diamante inaspettatamente strappandogli l'attenzione dalla navata centrale, «Non penso che quello che sta per succedere là riguardi noi».

Diamante non gli aveva praticamente più rivolto la parola dopo quell'imbarazzante bacio che le aveva dato.

«Perché dici così?» chiese il ragazzo tenendo un occhio su quello che stava succedendo intorno all'uomo.

«Perché sento che c'è qualcos'altro per me e per te qui». La ragazza parlava come sua abitudine lentamente, componendo una specie di melodia.

«E che cos'è?» chiese Edoardo distogliendo anche l'altro occhio da quello che stava succedendo poco distante.

«Qualcosa che c'entra con le favole».

«Le favole?».

«Sì, le favole. Non ti piacciono le favole Edoardo? Tutta questa vita che scorre è una grande, enorme illusione e noi ci convinciamo giorno dopo giorno che sia vera, che sia nostra, che sia reale. E proprio mentre stiamo affogando dentro questa illusione ci appaiono dei salvagente. Se li afferriamo riusciamo per qualche istante a tornare a galla a prendere un po' di boccate di ossigeno, a respirare ciò che realmente conta. Questi salvagente sono le favole».

Edoardo sorrise. La semplicità di quella ragazza gli faceva allargare il cuore.

«Sai Edoardo che ne ho lette a centinaia. Esopo, Fedro, La Fontaine, Hans Christian Andersen… da quando sono bambina spesso mi rifugio in quegli spicchi di realtà per sfuggire alla crudeltà di questa illusione».

Il ragazzo l'avrebbe voluta abbracciare per avere tra le braccia la sua dolcezza, ma qualcosa lo bloccava.

«Edoardo te la ricordi la favola della bella addormentata nel bosco?».

«Certo, sì, perché?».

«Io non me la ricordavo. Me l'hai fatta tornare in mente tu».

«Cosa intendi?» chiese Edoardo.

«Ho passato troppo tempo dormendo. Guarda qua che incubi che ho avuto». Diamante si passò le mani sulle cicatrici nelle braccia. «Ma è bastato un tuo bacio, sentire il tuo odore e il tuo sapore e mi sono svegliata. Proprio come nella favola».

Per un attimo a Edoardo non importò nulla di quello che stava succedendo tra gli altri e il barbone, non gli importò nulla di dove fosse, da quanto tempo e cosa stesse facendo. Per un attimo a Edoardo non importò neppure sapere chi era. Gli importava solo di Diamante, di quel momento magico e di quel tutto che stava toccando con le mani callose della sua esistenza. Guardò la ragazza dritto negli occhi. Fu costretta a fare altrettanto. Ma fu lei, questa volta, a muovere lentamente il suo corpo verso quello di Edoardo e ad avvicinare le sue labbra a quelle del ragazzo. Il tempo si fermò, la realtà circostante scomparve e rimasero solo loro due, sospesi nell'universo.

Edoardo non capì minimamente quanto tempo fosse passato e probabilmente neppure Diamante. Che si limitò invece a dire semplicemente:

«Ma questo è molto meglio delle favole».

E chissà se sarebbero bastati gli esperimenti di Tajfel e quelle magliette uguali per spiegarlo.

IL BARBONE

«C'era una volta un ragazzino», iniziò il barbone come se si stesse confessando davanti ad un prete. Come se non stesse aspettando altro da anni. «Un ragazzino cresciuto in questa bella isola e poi trapiantato in una qualche piccola città americana, in un clima tranquillo, sereno, con una famiglia ordinaria alle spalle: madre premurosa, padre un po' assente. A un certo punto questo ragazzino incontra un libraio. Uno di quelli che vendono fumetti, libri per ragazzi. Il ragazzino inizia a trascorrere i suoi pomeriggi in quel negozietto, si appassiona di supereroi e storie fantasmagoriche. Ma soprattutto diventa familiare con il libraio: scopre in lui una figura paterna molto forte. Diventa presto per lui un modello. Quanto tempo quel ragazzino passa lì con il suo mentore! Impara a conoscere superman, hulk, iron man. Poi un giorno il libraio lo invita a scoprire nuovi misteri. Lo porta nel retro del negozio, chiude la porta e gli fa scoprire che esiste una dimensione che inizia dal momento in cui ci si toglie i vestiti di dosso. Quel libraio abusa di lui sessualmente. Senza violenza fisica, senza picchiarlo o minacciarlo, ma solo conducendolo lungo il sentiero della sua perversione con le parole e la forza dell'autorità. Il ragazzino è frastornato, non capisce cosa sia successo. Torna il giorno dopo e il libraio di nuovo lo conduce in quel suo mondo così fisico e così strano. Da quel giorno quel ragazzino visitò quella strana dimensione ancora molte altre volte. Non ha il coraggio di parlarne con nessuno. E anche quando quelle strane esperienze finiscono, di lì in avanti la sua vita è filtrata attraverso quello che gli è successo.».

Si fermò un attimo, guardando in basso. Poi riprese:

«Il tempo passa e quei ricordi vanno a finire nel profondo della memoria di quel ragazzino, che nel frattempo diventa un giovane adulto. La sua vita è strana. Lui è strano. Si sente diverso dagli altri e non capisce il perché. Non riesce a comunicare con le altre persone perché sente che non lo capiscono. Quindi fa una vita chiusa dentro se stesso. Una vita sterile, secca, triste ed inutile. Giornate passate a far nulla, dentro una bolla emotiva grigia e plastificata. Abbracciato dalle convenzioni sociali e dall'inerzia di questo mondo finisce per laurearsi in medicina ed iniziare a fare il chirurgo. Professione alquanto nobile. Però non era lui a svolgerla, ma solo il suo involucro esteriore. Passano gli anni. Finché non decide di cambiare. Finché non decide di vivere. Quel ragazzino, oramai cresciuto, inizia un cammino di crescita personale per cercare di capirsi, per cercare di prendersi in mano. E per affrontare gli spettri del suo passato che gli impediscono di vivere. Così inizia a buttarsi nel mondo alla ricerca di qualcosa che possa dare un senso alla sua vita.

Le prova davvero tutte. Gira qualche chiesa cristiana, prova la meditazione buddhista, frequenta ambienti new age. Incontra persone interessanti che gli fanno capire tante cose. Ogni ambiente che frequenta gli lascia qualcosa e gli fa vedere, nel bene e nel male, un qualche tassello in più del mosaico che descrive la sua vita. Piano piano sente di essere cresciuto, inizia a frequentare parti di sé che non credeva di avere.

Poi va a qualche incontro sulla consapevolezza, studia materie come la programmazione neurolinguistica, la psicocibernetica, la neuro semantica, la psicosintesi. Le prende davvero sul serio. Si laurea anche in psicologia. E scopre che non solo può frequentare angoli bui di sé, vederli e rendersi conto di averli, ma può anche cambiarli».

Un sorriso agrodolce apparve su quel viso.

«Così inizia a prendere pezzetto per pezzetto tutta la sua vita ed inizia a farsi domande continue: è ciò che voglio essere? Questo pensiero lo voglio tenere o lo voglio cambiare? E questa emozione mi fa star bene o mi fa star male?

Quella relazione è impostata correttamente? Le domande, la consapevolezza, la volontà, unite a un sacco di tecniche, lo fanno cambiare tantissimo.

L'albero che era cresciuto dentro di sé e che aveva come profonda radice la violenza subita viene abbattuto e sradicato e il sole torna a raggiungere la terra.

La vita inizia a splendergli e ad essere davvero straordinaria. Qualunque cosa gli accadesse intorno. Il suo sistema mente-emozioni era diventato una barca talmente efficiente che riusciva a navigare tutti i mari: nella calma piatta riusciva ad accendere i motori per muoversi mentre tutto il mondo intorno a lui stava fermo, nella tempesta riusciva sgusciare fra le onde e sempre aveva una bussola per andare là dove voleva. La gente intorno a lui, chi lo conosceva, si accorse di quanto fosse cambiato. Iniziarono a chiedergli:

«tu non eri così. Ma come hai fatto? Come hai fatto con le ansie, le paure, i blocchi?».

E lui rispondeva: «Semplicissimo» ed iniziava a spiegare le tecniche utili caso per caso.

Poi il familiare parlava con l'amico e l'amico con l'amico. E così in breve tempo aveva la fila di gente che bussava alla sua porta per gestire emozioni, rimuovere pensieri, per imparare a vivere una vita diversa. Il cerchio si allarga talmente che pian piano è costretto a fare sempre meno incontri privati e sempre più incontri pubblici: in sale conferenze, nei teatrini, nelle parrocchie.

Poi in teatri un po' più grandi, sempre a crescere. Arrivò a riempire uno stadio. E sfamava con le sue tecniche folle di persone che imparavano l'arte di essere felici. I giornali e le televisioni iniziarono a seguire questo personaggio.

Gli diedero tanti nomi: coach, life coach, mentalist, mental coach, counselor, trainer, mentor... Lui non se ne dava nessuno. Diceva di essere semplicemente un artigiano. Un artigiano che tirava o allentava fili emotivi, stringeva o allargava bulloni nei meccanismi del pensiero. Stendeva o ritraeva le tele delle relazioni.

Divenne molto famoso e guadagnò una quantità di danaro che non immaginava neppure potesse stare nelle mani di una sola persona. Il suo desiderio di crescere lo ha portato lontano. Lo ha portato a diventare me».

Il barbone fece una pausa, guardò in basso per un attimo. Poi fece un passo in avanti, si prese i vestiti e con il sorriso sulle labbra disse:

«Ma sotto questi vestiti, sotto questa storia, è rimasto sepolto quel vuoto circondato da spine infuocate che gli ha messo dentro la vita. E per quanto si sia impegnato ha vinto lui.

E quindi questa non è altro che l'occasione giusta per far finire il dolore. Per fare finire il vuoto».

E così dicendo, inaspettatamente, si rannicchiò su se stesso come un bambino appena colto con le mani nella nutella.

SABRINA

Sabrina mandò giù quell'ennesimo boccone di vita così amaro e così inaspettato. Lasciò che quella giornata le scorresse addosso e scivolasse via, con il tempo che scorreva e che sembrava del tutto indifferente ai suoi problemi, alla sua confusione e al suo dolore. Sigillò la sua testa, dove una reazione nucleare stava trasformando il suo ambiente interiore in un inferno radioattivo e lasciò che la giornata volgesse al termine e lasciasse spazio alla notte. Come se nulla fosse. Fu un sonno burrascoso quello che si presentò e la fece approdare ancora una volta a lidi surreali, in cui l'esperienza recente si mischiava alla sua vita di bambina, quella che teneva gelosamente racchiusa nella sua parte più profonda e delicata. Era come se la barca della sua consapevolezza continuasse a circumnavigare l'isola misteriosa, un'isola oscura che le incuteva una terribile paura. Lei navigava, navigava e come al solito si teneva lontana da quell'isola. Poi vide gli occhi del barbone. Lo vide tutto intero, mentre con un ghigno agrodolce le indicava con decisione l'isola. Un po' presa dal timore con il cuore in gola lasciò che la barca approdasse a quel lido misterioso della sua interiorità. Scese dalla barca. Ma nell'istante in cui un suo piede si appoggiò sulla sabbia di quella parte di sé si svegliò di soprassalto. Aveva la tachicardia, era tutta sudata e sentiva una pesantezza generale in tutto il corpo. Si accorse che non era affatto presto, era mattina inoltrata. Il suo pensiero volò subito a Lucia.

«Lucia!» esclamò buttandosi giù dal letto.

«Lucia!» chiamò una seconda volta.

«Lucia!» chiamò più preoccupata entrando nella sua camerina e trovandola vuota.

«Lucia!» gridò con una enorme preoccupazione nel corpo scendendo le scale.

«Lucia» disse sollevata trovandola sul tavolo della cucina a disegnare, «cosa ci fai qui? Ti sei svegliata e non mi dici niente?».

«Mammina ho sognato papà e volevo disegnare il mio sogno».

168

La ragazza si sentì un po' sollevata.

«Avrei tanta voglia di vederlo» disse la bambina un po' sconsolata».

Sabrina sorrise amaramente. Guardò il foglio di carta e ci trovò l'ennesimo ritratto di famiglia: mamma papà e bambina. Però questa volta il babbo aveva i baffi.

«Cosa fai sciocchina, disegni al babbo i baffi?».

La bambina tutta concentrata sul foglio mordendosi la lingua annuì con la testa.

«Ma il babbo non ha mai avuto i baffi».

La bambina continuò a disegnare. Poi alzò i suoi occhioni e alzando le spallucce chiese:

«Eh ma io come faccio a saperlo?».

«Lucia, che cosa dici?».

La bimba tenne i suoi occhioni innocenti e puri puntati su quelli della mamma e disse:

«Come faccio a sapere come è fatto il babbo: io non l'ho mai visto».

Tutto il mondo iniziò a ruotare intorno a Sabrina. Fu come se quella stanza fosse un gigantesco turbinio di atomi che girando facevano cadere un grande velo. La scenografia della sua vita si afflosciò facendo finire la grande finzione in cui aveva recitato così a lungo.

Di botto la ragazza si rese conto di cosa c'era su quell'isola su cui aveva così paura di sbarcare: la verità. E la verità era che lei non era mai stata sposata. La verità era che tutta quella vita perfetta in cui si era rinchiusa esisteva nella sua mente e lì soltanto, imprigionata nella sua scatola cranica. Aveva passato gli anni a costruire, mattone dopo mattone, quel castello di fantasia in cui si era rinchiusa. Ed alla fine aveva finito per crederlo vero.

Le apparvero tutti quei ricordi che aveva spinto nelle parti buie di sé e che aveva fatto di tutto per non vedere più. Fu come un'esplosione e quasi rischiò di diventare cieca.

Le tornarono in mente tutti gli psicofarmaci che aveva ingerito negli anni, le tornarono in mente gli psichiatri che volevano convincerla che quella vita che viveva non era altro che una psicosi, che il suo mondo interiore aveva sopraffatto quello esteriore. Rivide le facce degli assistenti sociali che era riuscita, non sapeva neppure lei come, ad allontanare ogni volta con altre finzioni, sospese fra le menzogne e la realtà.

Poi, mentre era ancora intenta a lottare contro tutti quei pensieri che la stavano avviluppando tutti insieme con la loro carica dolorosissima di luce, le sue orecchie sentirono quel suono a cui si era quasi affezionata, quel cinguettio così rassicurante e così reale d'uccello che annunciava l'apertura della scatola. Si liberò di botto dalla stretta di tutti quei pensieri e corse a raccogliere la scatolina. Ci trovò scritto dentro solamente:

«Ore 14 al parco».

Quelle poco poetiche parole le fecero capire con assoluta certezza che poche ore la separavano dal più grande cambiamento della sua vita, quello che aveva atteso per tutti quegli anni.

Elisabetta aveva fatto esplodere il suo istinto materno, si era avvicinata all'uomo rannicchiato a terra e con viso compassionevole gli aveva chiesto:

«Vuoi veramente condividere con noi questo tratto della tua vita? Lascia che ti aiutiamo a vedere tutto da altri punti di vista».

L'uomo era chiuso su se stesso, con la faccia tra le mani. Ci volle un po' prima che quel viso riemergesse dal mare di vergogna in cui era naufragato. Un mare fatto di lacrime e mosso dalle onde dei singhiozzi. Ma da quella tempesta emerse uno scoglio particolarmente affilato: quando si mostrò non sembrava più lui. Aveva gli occhi rossi iniettati di sangue, il sorriso che lo aveva accompagnato nelle ultime ore aveva lasciato spazio al buio di una espressione cupa e spettrale. Sembrava un diavolo. La sua voce suadente si manifestò trasfigurata in un lugubre verso vomitato lì dalle profondità dell'inferno:

«No! Lasciatemi in pace! Cosa volete da me?».

Elisabetta ebbe un sussulto. Sentì dentro di sé una paura che le bloccò le gambe, ma insieme una rabbia che le squassò le budella. Le prese per le briglie e rispose con controllata determinazione:

«Vogliamo farti da specchio, perché tu possa vedere cosa sei diventato. Tu non ci hai detto di essere quello che ha rinunciato a tutto nella vita per essere libero? E questo è il modo in cui gestisci la tua vergogna e le ferite al tuo orgoglio?».

Il barbone la guardava come una bestia ferita. Poi disse:

«Cosa vuoi capire tu, che vivevi sballottata fra le onde di te stessa finché non ti ho salvata io».

«Vero» rispose prontamente la ragazza, «sei capace di salvare gli altri. Ma sei capace anche di salvare te stesso?».

La perplessità si fece spazio fra la rabbia nello sguardo dell'uomo.

«Conosci», chiese Elisabetta, «quell'episodio in cui il Barone di Münchhausen racconta di essersi tirato fuori dalle sabbie mobili tirandosi da solo per il codino? A me sembra tu stia facendo esattamente la stessa cosa: pensi di poterti tirare fuori da solo dalla tua vita, dai tuoi problemi, dalla tua palude. Ma non è così. Ognuno di noi per stare meglio ha bisogno degli altri. E forse una parte di te lo sa e forse è per questo che ci hai richiamati tutti a te. Eccoci qua».

L'uomo guardò Elisabetta cambiando ancora sguardo. E disse:

«È proprio così. Tutta questa messinscena è il mio grido. Aiuto. Aiuto!».

Con la maestria di una principessa del foro Elisabetta prese in mano la situazione:

«Guarda come sei schiavo del tuo orgoglio, senti quante emozioni negative ti scarica nella pancia! Guarda chi comanda veramente: il tuo lato più oscuro, quello che non vuole accettare la realtà, quello che ti tratta come un idolo da adorare che non può rompere la propria illusoria perfezione. Te ne rendi conto? È quello che vuoi?».

L'uomo si richiuse in se stesso e ci rimase per parecchi secondi. Ebbe qualche sussulto e riemerse dalla posizione rannicchiata in cui si era messo.

«Hai ragione», rispose riprendendo le redini della sua voce, «ho un lato oscuro intriso di orgoglio radicato profondamente dentro me. È un drago potente. Non lo avrei mai voluto vedere se tu non mi avessi costretto. Tutto me stesso ha lavorato per non vedere».

Si guardò le mani, che tremavano. Si guardò attorno. Guardò le persone che erano lì con lui. E disse:

«Qui inizia il mio cambiamento. Perché io so di avere gli strumenti per sconfiggerlo».

«Allora» intervenne Antonio prendendosi l'attenzione, «permettimi di darti il mio contributo».

L'uomo lo guardò un po' sorpreso, facendo emergere un sorriso dalla palude del dolore e della confusione. E disse:

«Antonio, Antonio... non sapevi neanche chi eri e ora vuoi aiutare me?».

«Sì», rispose lui sicuro, «perché ora che so chi sono posso aiutare anche te a capire chi sei. Hai due scelte davanti agli occhi. Ci mettiamo gli occhiali?».

Il barbone pensò all'esercizio che aveva fatto veder loro qualche ora prima, i sei occhiali per pensare. Una tecnica per prendere decisioni usando tanti punti di vista diversi. E sorrise pensando al fatto che glielo aveva insegnato lui stesso.

«Ho creato dei mostri» disse rassegnata la parte di lui che tratteneva il cambiamento con le unghie.

«Bene» cominciò Antonio, «inizia a raccontare i fatti e le possibili opzioni da un punto di vista fattuale, mettiti gli occhiali della concretezza senza valutazioni o giudizi. Cosa vedi?».

Il barbone sorrise. «Ma veramente vuoi farlo?» chiese stancamente in un goffo ultimo tentativo di fuga. Antonio non rispose e continuò a squadrarlo.

«Va bene. I fatti sono semplici: posso curarmi e rischiare di rimanere handicappato e con deficit cognitivi e comunicativi, oppure posso non curarmi e morire».

«Molto bene. Ora togliti questi occhiali e indossane un paio che ti mostri le emozioni che il tuo corpo vive di fronte a queste opzioni. Che intuizioni ti arrivano alla mente dalla pancia?».

«Ho una gran paura» rispose subito, «perché la morte non può smettere di far paura, ma anche la vita non scherza. Ho rabbia perché non credo di meritarmi questo. Ho grande vergogna perché non potrei mai farmi vedere handicappato. Ed ho confusione. Ma è talmente evidente che l'intuito mi dice di vivere che non capisco neanche perché io ne stia dubitando. Ma nello stesso tempo una parte di me mi dice insistentemente, per ripicca verso tutto e verso tutti: muori e mandali tutti a quel paese».

«Benissimo! Via anche questi occhiali. Mettiamo quelli del pessimismo. Cosa vedi attraverso una lente distorcente nera e negativa?».

«Un disastro. Perché qualunque cosa scelga sbaglio. Se scelgo di non curarmi muoio e nessuno si ricorderà di me. Se invece mi curo tutti mi ricorderanno come il lobotomizzato che non sa parlare».

«E se togliamo anche questi occhiali e indossiamo quelli dell'ottimismo cosa si affaccia alla tua mente?».

«Che potrebbe anche essere bello vivere un giorno da leone, scartando i cento anni da pecora. Sarebbe bello essere ricordato come l'eroe greco che preferisce la morte gloriosa alla vecchiaia. Ma sarebbe ancora più bello sconfiggere questo male, guarire nel migliore dei modi. E magari buttarmi nell'ultimo obiettivo della mia essenza umana, che è la famiglia. Sposarmi e fare dei figli. Sarebbe meraviglioso».

«Ottimo! Se invece metti gli occhiali della creatività, che ti spingono oltre i tuoi limiti verso un orizzonte di originalità, di nuove opzioni cosa vedi?».

Il barbone ci pensò un attimo. Poi rispose:

«Vedo che potrei davvero impegnarmi al massimo per trovare cure speciali, nuove, per sconfiggere la bestia che ho dentro. Vedo che potrei considerare cure orientali per trattare la malattia. Ma anche cure tribali, o le sperimentazioni sulle formiche dell'Amazzonia».

«Eccezionale! Ora mancano solo gli ultimi occhiali. Quelli attraverso cui guardare tutto quello che hai detto sin qui. Gli occhiali della sintesi. Cosa vedi?».

Il barbone si fece pensieroso, mentre i suoi occhi andavano su e giù, a destra e a sinistra. E alla fine disse solo guardando in basso:

«Mi faccio schifo da solo».

«Non vorrei fare qualcosa di inutile, ma non vorrei neanche non dire la mia» disse Jennifer. Si avvicinò al barbone con un sorriso e da lì parlò:

«Come pensi che abbia preso io la notizia che scegli di morire? Ti leghi a delle persone, salvi loro la vita e poi le lasci da sole? Hai provato a guardare la situazione attraverso i loro occhi? Li vuoi usare i miei occhi? Allora sì che ti faresti schifo».

Il barbone sospirò.

«Vuoi morire perché non accetti la possibilità di vivere con una qualche menomazione. Come pensi avrebbe visto questa tua scelta, per esempio, Beethoven, o Edison? Erano entrambi sordi, ma mi pare che questo non abbia impedito loro di fare cosine interessanti. E Stephen Hawking? Lui è in carrozzina, ma non mi pare che questo gli abbia impedito di diventare il più famoso astrofisico del mondo. La sua vita non vale niente? Come vedrebbe la tua scelta? Hai iniziato a soffrire di epilessia, dovresti farci i conti se decidessi di vivere. Ma tu scegli di morire per non vivere da epilettico. Cosa avrebbe detto Isaac Newton, che pure era epilettico? La sua vita non valeva la pena di essere vissuta? E quella di Napoleone allora? Pure lui era epilettico. Certo, se ti farai operare avrai dei deficit cognitivi. Sai quante persone famose di Hollywood ne hanno di ben più gravi? Eppure sono delle celebrità. Hai presente Einstein? E Graham Bell, l'inventore del telefono? Hanno fatto qualcosa di buono per l'umanità tutti e due, direi. Eppure erano entrambi dislessici, proprio come potresti diventare tu se ti curassi. Come diventa la tua scelta attraverso i loro occhi?».

L'uomo non riusciva a rispondere. Aveva dentro un rimescolarsi fluido ed interminabile di pensieri, emozioni, stati, dinamiche, energie, forze. Si limitò ad alzare un attimo lo sguardo e si sentì come un anziano padre a cui il figlio toglie un pannolone sporco.

«E se proprio il tuo egocentrismo non ti consente di guardarti attraverso gli occhi di qualcuno di noi, che non siamo alla tua altezza, né di qualche celebrità lontana, guardati attraverso gli occhi del tuo piccolo e tenero cagnolino. E dimmi tu se cambia qualcosa».

«Si chiama Rolf» puntualizzò il barbone. Poi indirizzò lo sguardo verso la sua amabile bestiola. Che accorgendosi dell'attenzione subito iniziò a scodinzolare felicemente.

L'uomo li guardò uno per uno e vedendo il loro dolore, vedendo i loro occhi che erano stati capaci di entrare dentro ai suoi, fece quasi impercettibilmente un piccolo passo indietro. E come un bambino che viene rimproverato dal severo genitore, ritrovandosi empaticamente il loro dolore dentro, si rannicchio vicino a terra e si coprì il viso con le mani, quasi a cercare un angolo di sé in cui andare a nascondere gli enormi costrutti del suo ego che stavano esplodendo.

Aveva capito cosa fare. Aveva trovato la soluzione al problema di tutta la sua vita. E se ci era riuscito era solo perché aveva scelto di perdere.

SABRINA

Sabrina prese su Lucia e la lasciò da sua madre senza dire niente. Poi si precipitò al parco. Lo attraversò tutto e a passo spedito si diresse verso la grande quercia. Prima ancora che potesse vedere cosa ci fosse sotto le sue fronde si ritrovò fra le gambe un cagnolino. Il cagnolino. Rolf. Fece ancora pochi passi e vide da lontano il barbone seduto sulla panchina dove lo aveva lasciato pochi giorni prima. E tutto le apparve in modo chiarissimo, limpido, cristallino. Era sbarcata sull'isola.

«Ciao Sabrina» disse lui compostamente appena si fu avvicinata.

«Adesso ho capito perché mi hai raccontato tutte quelle storie».

Il barbone sorrise.

Tenendosi dentro una tempesta piena di lampi e saette disse:

«Volevi farmi credere di essere il barbone delle storie».

«Oh, no. Quell'uomo è morto cinque anni fa, dopo aver fatto tutto quello che poteva per curarsi un brutto male che lo aveva preso, guarda caso, alla testa. Un uomo straordinario, che ha cambiato la vita a tante persone. Ma non sono io. Solo che qualcuno doveva pur raccogliere la sua eredità ed il suo personaggio ed eccomi qua. Le storie che ti ho raccontato risalgono a otto anni fa. Vuoi sapere come sono andate a finire? Anche se so che le conosci meglio di me».

Sabrina scosse le spalle disinteressata. Ma il barbone continuò:

«Edoardo e Diamante sono sposati, hanno avuto due bambini bellissimi. Diamante sta diventando un'artista molto conosciuta. Edoardo invece oggi è un personaggio famoso, molto famoso, tutti sanno chi è e se te lo dicessi non ci crederesti. Antonio diventato milionario, vive a Montecarlo e passa il suo tempo su un yacht che farebbe impallidire l'Aga Khan. Jennifer... Beh Jennifer è vicepresidente della Banca Centrale Europea. Ed Elisabetta è una grande avvocatessa. Ma ha due bambini bellissimi ed un marito ideale. È il barbone che ha fatto esprimere loro il potenziale che avevano. E vissero tutti felici e contenti».

La ragazza continuò a tacere.

«Potrai perdonarmi, Sabrina?» chiese il barbone leggendole gli occhi. «Hai un cuore grande, ma abbastanza da contenere il perdono verso chi ti ha fatto tanto male? Lo avevo capito, eccome se lo avevo capito che il tuo mondo era tanto fragile. Ma il mio cuore ricoperto di plastica ed asfalto non ha neppure sussultato al dubbio che ti avrei potuta ferire».

I due stettero zitti qualche secondo. Poi il barbone si frugò dentro una tasca e tirò fuori qualcosa.

«È da tanto tempo che conservo questa cosa per te».

Aprì la mano e le diede un orecchino.

«Ho passato gli ultimi dieci anni della mia vita a cercare di recuperare quello che ho guastato prima. Ho ridato indietro reggiseni, spazzolini da denti, vestiti, portachiavi... Tutto quello che le ragazze che illudevo e seducevo lasciavano a casa mia per cercare di aprire la porta del mio cuore. A loro ho ridato gli oggetti, ho detto loro di aver capito il mio errore e chiesto il loro perdono. Mi sono preso calci, sputi, pugni, ma anche qualche abbraccio materno. Mancavi solo tu, Sabrina. E tu sei più importante di qualunque altra, perché dal nostro incontro è nata la vita. Quando i nostri corpi si sono incrociati tu eri talmente imbottita di psicofarmaci che chissà cos'è rimasto nella tua testa del nostro incontro. Pensa che tu eri semplicemente una scommessa che avevamo fatto io e Marcello quando eri scesa in vacanza con tua madre. Chi se la prende la matta? Me la sono presa io».

Il barbone stette zitto qualche istante. Poi continuò:

«So di avere fatto una cosa orribile. Sono consapevole di aver fumato nel peggiore dei modi l'esperienza dell'incontro con te. E da anni girovago patendo la fame, il freddo, la pioggia e la vita di strada per tenere a bada quella parte di me che vorrebbe tornare a quella vita. Non posso ridarti gli anni che ti ho rubato, non posso annullare il cambiamento che ho innescato in te, non posso riscrivere il passato. Ma tu, tu puoi perdonarmi? Dimmi di sì e la mia anima potrà continuare a vivere. Fai risuscitare la parte buona che c'è in me, lascia che muoia questo barbone maledetto e possa andare libero il vero Giovanni».

La ragazza guardò quell'uomo, ricoperto dalla sua sporcizia e da una vita che non avrebbe augurato al peggiore dei suoi nemici. Senza riuscire ad abbracciare nella sua complessità tutto quello che stava succedendo, sentì fortemente dentro di sé le storie che le aveva raccontato e che lei per qualche motivo già conosceva. Pensò ai personaggi e ai loro lieti fine. Condotta anche da quella sensazione non poté fare a meno di annuire con la testa mordendosi il labbro inferiore e chiudendo gli occhi.

Il barbone emise un respiro, come la liberazione da un demonio dolorosamente stretto intorno al cuore. E con voce diversa disse, come un attore che ha appena finito di recitare una tragedia di Shakespeare e se ne va nel dietro le quinte:

«E sia. La commedia finalmente è conclusa».

Sabrina non ebbe il tempo di domandarsi cosa volesse dire che una voce la chiamò da dietro le spalle. Lei si girò e si trovò di fronte tutti quanti. C'erano Edoardo, Elisabetta, Antonio, Diamante, Jennifer e Marcello. Vedendoli si accorse che conosceva nel dettaglio la storia di ciascuno di loro. Li sentì familiari. C'era anche un barbone che riconobbe subito come quello delle storie. Sembrava un sogno e la sua figura si mischiava con quella di Giovanni, come solo nella dimensione onirica riusciamo a fare.

«Ciao Sabrina!, disse Edoardo guardandola negli occhi. «Io sono il tuo super-Io più profondo, le tue regole sociali e familiari e rappresento anche il tuo rapporto con il danaro, la tua idolatria paterna e tante altre cose». E Sabrina si ricordò di botto di quanto a quattro anni considerasse suo padre un dio sceso in terra.

«Io sono il fiume delle tue emozioni, sono le tue inquietudini e le tue sofferenze interiori» disse Elisabetta. E Sabrina si ricordò di quando aveva iniziato a studiare legge a Milano, di quando si voleva proiettare nel mondo del lavoro con ambizione e tenacia.

«Io sono la tua accidia, la tua pretesa che tutto sia come tu vuoi senza che tu faccia nulla» disse Antonio. «Sono anche il tuo lato omosessuale e un po' anche quello pessimista». E le fece ricordare un lontano viaggio in Sicilia.

«Io sono una tua parte molto delicata, ma molto sensitiva» disse Diamante. «Sono il tuo grido interiore più profondo, sono i sensi che non vuoi ascoltare». E Sabrina si toccò le sue braccia e per la prima volta si accorse che erano piene di cicatrici.

«Io sono la tua voglia di fuga, il tuo ideale femminile onnipotente» disse Jennifer, che le fece tornare in mente i suoi sogni di ragazzina e le idee di andare in Africa ad aiutare i bambini poveri.

«E io, discretamente e in punta di piedi, sono la tua voglia di cambiamento» disse Marcello. Si accorse che assomigliava moltissimo a suo fratello Francesco. Anzi, era proprio lui.

«Hai capito chi sono io?» le chiese Giovanni da dietro le spalle. Sabrina non rispose e rimase in ascolto.

«Io sono il trauma che ti ha fratturato dentro. Sono il tuo male, il lato di te che ha ferito te stessa».

«E io invece» le disse il barbone delle storie con una voce suadente ed affascinante, che le mise immediatamente le lacrime agli occhi, «molto semplicemente sono tuo padre».

«Papà!» esclamò lei girandosi a guardarlo. E riconoscendolo solo ora.

«Siamo proiezioni della tua mente», le disse lui regalandole ancora la sua voce, che era sepolta nella sua memoria più lontana, «storie contenute per intero tra il tuo cervello e il tuo corpo. Storie che avevano bisogno di essere sbrogliate. Una parte di te voleva risolvere i problemi e superare il trauma. Per questo ti ha fatto scrivere questa bella favola fatta di pezzi della tua esperienza e l'ha proiettata nello schermo della tua vita. Noi esistiamo solo dentro di te. La protagonista di tutti questi racconti in realtà eri sempre tu».

«Quindi non siete reali?» chiese con apprensione la ragazza.

«Cosa è più reale, ciò che immagini o ciò che credi di conoscere? Siamo più reali noi o quelle persone là fuori che credono di sapere chi sono e in realtà di sé non sanno proprio nulla?».

«Ma perché ora me lo venite a dire?» chiese smarrita.

«Perché hai deciso di sbarcare sull'isola. Hai scelto di guardare in faccia la realtà. Hai scelto di accettare e perdonare. È stato un processo lungo, complicato e doloroso, ma alla fine il tuo sistema ti ha portato qui, alla consapevolezza. Avevi bisogno di sperimentare l'inferno per godere del paradiso. E noi ora siamo venuti perché tu possa abbracciarci».

Sabrina ci pensò un attimo. Poi, iniziando a vedere ciascuna di quelle persone come una parte di sé, decise che era giusto così.

Giovanni si era alzato e le si era fatto vicino. E disse:

«Il mio ruolo in questa favola è terminato. Rappresentavo il tuo problema. E tu hai scelto di perdonarmi e di sanare il tuo trauma. Avendo terminato il mio compito ora lasciami andare in pace».

Sabrina sentì emergere da dentro la voglia di abbracciarlo fortissimo. Cosa che si ritrovò a fare senza neppure accorgersene. Sentì dentro un flusso di energie che si muovevano velocissime e che le facevano provare un incredibile senso di liberazione.

Ci mise più di un istante a riprendersi. E si accorse che Giovanni era sparito, scomparso insieme al trauma che rappresentava.

Poi si avvicinò a Edoardo, lo guardò dritto negli occhi e lo abbracciò. E mentre lo sentiva fra le sue braccia, percepì qualcosa di strano, come se si stesse fondendo a lei. In un battito di ciglia il ragazzo era sparito, dissolto fra le sue braccia. Si fece avanti Elisabetta e guardandola negli occhi ritrovò pezzi di sé che aveva perduto. E poi Antonio, Diamante, Marcello. Li abbracciò tutti, uno ad uno. E ciascuno rientrò dentro di lei, riprendendo il posto che chissà quando aveva lasciato. I suoi abbracci stavano riportando dentro cose che per errore erano finite fuori.

Erano rimasti soli, Sabrina e suo padre.

«Certo che la mente umana è proprio strana» disse il padre. «Il cervello è di certo l'organo più stupido che abbiamo».

La ragazza fece emergere una fugace espressione di perplessità da quel mare di emozioni che si agitavano nel suo corpo.

«Se mangi qualcosa di dannoso il tuo stomaco ti risolve il problema vomitando. Ma se ti metti nel cervello un pensiero dannoso il massimo che riesce a fare è vomitarlo in una psicosi. Guarda qui. Un'intera storia scritta dal tuo cervello e proiettata nella tua realtà. Tutta costruita su un unico pensiero che ti eri messa in testa tanto, tantissimo tempo fa. Ora però tutto questo è finito ed è ora di salutarsi. Sabrina, ora abbraccia me».

«Ma così anche tu te ne andrai».

«Non vuoi liberarti dal pensiero che di me hai nella testa? Guardami: mi hai caricato sulle spalle talmente tante colpe da farmi diventare un barbone sporco, sudicio e folle. Non pensi di poter pensare a me in un modo migliore per entrambi?».

Sabrina lo guardò. Avrebbe voluto portarlo a casa, ripulirlo, fargli la barba e iniziare a raccontargli della sua vita. Poi lo avrebbe voluto portare dalla mamma e convincere entrambi che bisognava che facessero la pace. Ma capì subito che non era quella la strada da prendere.

Rimase qualche attimo pensierosa. Poi si avvicinò e superando il muro di tristezza e nostalgia che li separava lo strinse forte a sé. Una lacrima rigò il suo viso mentre anche quell'immagine spariva sotto i suoi occhi. Ma subito ne vide un'altra. L'immagine di un volto luminoso, sorridente e rassicurante. Un volto che le infondeva sicurezza. Era suo padre, quel padre che aveva amato e idolatrato da bambina. Ma questa volta lo vedeva al sicuro, dentro, fra i tesori dei suoi pensieri e non fuori, nell'inferno di quella psicosi.

«Mammina, mammina cosa fai?».

Sabrina si girò e vide Lucia che le correva incontro. E capì tutto. La guardò dritta negli occhi e si rivide bambina, rivide il momento in cui suo padre se ne era andato, rivide il dolore che aveva sentito nel corpo e sepolto nel profondo. Si ricordò di quando scappava sotto quella quercia, da bimba, per stare lontana da tutto e da tutti. E decise che era ora di andare avanti. Con un terribile magone prese la bimba fra le sue braccia e la strinse forte a sé. Sapeva che non l'avrebbe mai più rivista. Ma sapeva anche che in realtà ora era al sicuro nelle sue profondità.

Si guardò intorno. Era rimasta sola. Completamente sola in un mondo vuoto e crudele. Ma non le importava, perché sapeva che dentro aveva tutto ciò che le serviva. Ed ora la protagonista era lei.

Guardandosi i piedi si accorse che era rimasto Rolf lì accovacciato.

«E tu che farai. Mi abbandonerai anche tu?» gli chiese cor potesse rispondere.

Il cagnolino la guardò e mentre si prendeva le carezze le leccò amorevolmente una mano.

Realtà, illusione, follia, verità. La cosa importante era che finalmente Sabrina aveva abbracciato se stessa con amore. E si sentì sterminatamente leggera e felice, perché per la prima volta nella sua vita si voleva veramente bene.

FINE

RINGRAZIAMENTI

Grazie a te, che hai scelto di leggermi.
Grazie alla mamma, perché la mamma va sempre ringraziata.
Grazie a tutti quelli che rendono la mia vita felice.
Ma grazie anche a chi mi ha concesso un pezzetto della propria vita da cui trarre ispirazione, in quest'opera di creazione continua in cui mi sono buttato che mi sta conducendo ad una follia più piena.
E un grazie speciale a Serena Versari, senza la quale chissà quanto avrei ancora aspettato a pubblicare questo testo.

48830459R00110

Printed in Poland
by Amazon Fulfillment
Poland Sp. z o.o., Wrocław